はぐれ又兵衛例繰控【五】

死してなお

坂岡真

双葉文庫

目次

死してなお

はぐれ又兵衛例繰控【五】

揚羽蝶蘭《あげはちょうらん》

一

　江戸市中の桜は七分咲き、平手又兵衛《ひらてまたべえ》は浮かれた調子で闊歩《かっぽ》する連中に背を向け、黒渋塗《くろしぶぬ》りの厳《いか》つい御長屋門《おながやもん》を潜《くぐ》りぬけた。

　もう十五年ほど、来《こ》し方《かた》の類例《るいれい》を調べる例繰方《れいくりかた》の与力《よりき》をつとめている。人付き合いがすこぶる悪いせいか、南町奉行所内《みなみまちぶぎょうしょ》では「はぐれ」と呼ばれ、上からも下からも煙《けむ》たがられていた。

　けっして、刺々《とげとげ》しいわけではない。表向きはいつも飄々《ひょうひょう》としており、みなからは「変わり者」と目されているようだが、他人にどうおもわれようと気にはならない。胆《きも》が太いのか、それとも鈍《にぶ》いのか、ともあれ、ひとりで放っておかれることのほうが心地よいとすら感じている。

「さあ、まいろう」

朝陽に煌《きら》めく甍《いらか》を遠目に仰《あお》ぎ、又兵衛は打ち水のなされた青板を踏みしめた。清々《すがすが》しい出仕《しゅっし》の瞬間である。

檜造《ひのきづく》りの玄関までは青い伊豆石《いずいし》が六尺幅でまっすぐに延び、青板の左右には那智黒《なちぐろ》の砂利石《じゃりいし》が敷きつめられていた。新鮮な空気を胸腔《むね》いっぱいに吸いこみ、青板のまんなかを進んでいけば、由緒《ゆいしょ》ある寺院の境内《けいだい》で荘厳《そうごん》な読経《どきょう》に浸《ひた》っているかのような気分になった。

——おぬしにもいずれはわかる。毎朝、御門を潜って青板を踏めば、嗚呼《ああ》、生きておるのだと、神仏に感謝したくなる。

新米の頃、吟味方《ぎんみかた》の花形与力だった父に言われたことがあった。

父は十一年前、奉行からの密命を受け、秘《ひそ》かに調べを進めるなかで非業《ひごう》の死を遂《と》げたが、新米の又兵衛に忘れられぬことばをいくつか遺《のこ》してくれた。

年月を重ねるごとに、父のことばは含蓄《がんちく》を帯《お》びてくるようにおもわれた。又兵衛は朝のたいせつなひとときを独《ひと》り占《じ》めせんがために、ほかの連中よりもわざと遅れて出仕するのである。

ところが、今朝にかぎってはいつもと様子がちがっていた。

背後から跫音《あしおと》がひたひたと近づき、何者かが又兵衛と肩を並べたのだ。

ちらりと横をみやれば、馴染《なじ》みのない面構《つらがま》えの若造が荒い息を吐いている。媚茶《こびちゃ》の肩衣《かたぎぬ》に平袴《ひらばかま》、見習いの新米与力にちがいない。不浄《ふじょう》役人は一代抱えだが、それは建前にすぎず、与力の子は与力見習い、同心の子は同心見習いとなる。なかには礼儀をわきまえぬ不心得者もいて、挨拶《あいさつ》もせずに後ろから先達《せんだつ》を追い抜こうとする。

こやつめ。

意地でも抜かせまいと、又兵衛は足を速めた。

新米もつられて足を速め、肩衣の端が触れんばかりに近づく。

寄るな、莫迦者《ばかもの》。

又兵衛は胸の裡《うち》で毒づき、小走りになった。

相手も小走りになり、仕舞《しま》いには青板を蹴りつける。

くそっ。

ふたりとも同時に、髷《まげ》を飛ばさんばかりの勢いで駆けだした。

「うわっ」

新米は青板の縁《ふち》に爪先を引っかけ、両手を前へ投げだす。

派手に転んでむっくり起きると、額《ひたい》のまんなかから血を流していた。

ざまあみろ。

又兵衛は勝ち誇った顔で冷笑を浴びせ、助けもせずに意気揚々《いきようよう》と式台の階段をのぼった。雪駄《せった》を脱いで板の間にあがると、右手から当番の若手が顔を出し、驚くほどの大声で挨拶する。

「おはようございます」

「ふむ、おはよう」

又兵衛は淡泊《たんぱく》に応じ、さきほどの大人げない態度を少しばかり悔《く》やんだ。

新米は立ちあがって襟《えり》を整え、いかにも口惜《くちお》しげに階段をのぼってくる。

「拙者、山田忠太郎《やまだちゅうたろう》にござる。本日より、吟味方与力見習いとなりました」

尋ねもせぬのに、ふてぶてしい態度で名乗り、父親が年番方筆頭与力《ねんばんかたひっとうよりき》の「山《やま》忠《ちゅう》」こと山田忠左衛門《ちゅうざえもん》であることを誇らしげに言いはなつ。

だから、どうした。町奉行のつぎに偉い与力の子なら、先達に無礼をはたらいてもよいのか。出仕の貴重なひとときを奪ってもかまわぬと申すのか。笑止千万《しょうしせんばん》、味噌汁《みそしる》で顔を洗ってから出直してこい。

胸中で激しく叱責《しっせき》しながらも、顔にはいっさい出さず、又兵衛はわずかにうなずいただけで背を向ける。

「ちっ」

忠太郎は舌打ちした。

おいおい、こいつはまいった。性根を叩きなおしてやらねばなるまいが、面倒《めんどう》臭《くさ》いのでやめておこう。怒りには蓋《ふた》をして、関わりを避けるのが賢明というものだ。

又兵衛はみずからを納得させ、廊下を進んで例繰方の御用部屋へ向かう。

そこへ折悪《おりあ》しく、声を掛けてくる者があった。

「おぬしはどこぞの大名か。偉そうに今ごろ出仕しおって、怪《け》しからぬやつじゃな」

小狡《こずる》そうな鼠顔《ねずみがお》、誰あろう、山田忠左衛門にほかならない。

人の粗探《あらさが》しをするのが三度の飯よりも好きで、又兵衛をみつければ皮肉を漏らす。面と向かって「役立たずの穀潰《ごくつぶ》し」だの「禄盗人《ろくぬすっと》」だのと言われつづけてきたが、柳に風と受けながす術《すべ》を会得《えとく》していた。

「父上」

後ろから、よく似た顔の忠太郎がやってくる。

愛息をみつけた途端、忠左衛門は頰《ほお》を弛《ゆる》めた。

「おう、忠太郎か。今日から出仕であったな。ん、額の傷はどうした」

「そちらの御仁《ごじん》に、足を引っかけられました」

「何じゃと」

「式台の手前で拙者に追いつかれ、熱くなられたせいにござりましょう」

妙な展開に面食らいつつも、抗《あらが》わずに聞くだけは聞いてやる。

忠左衛門の顔は朱《しゅ》に染まり、襟を摑《つか》まんばかりに身を寄せてきた。

「はぐれめ、卑怯《ひきょう》な手で新人いじめをいたす気か。山田忠左衛門の子とわかったうえで、わざとやったのではあるまいな。忠太郎よ、こやつは例繰方の平手又兵衛じゃ。一匹狼《いっぴきおおかみ》のはぐれ者でな、出世からは疾《と》うに見放されておる。奉行所にとっては疫病神《やくびょうがみ》のごとき男ゆえ、関わりを持つでない。わしからよう叱《しか》っておくゆえ、おぬしはお役目に勤《いそ》しむのじゃ。一所懸命に努力し、父を超えてみせよ」

「はっ」

高慢ちきな父に命じられ、できそこないの息子は廊下の向こうへ去っていく。

又兵衛も踵《きびす》を返しかけると、忠左衛門が肩衣に手を伸ばしてきた。

「おい待て、おぬしは行かせぬぞ」

「まだ何か、おありでしょうか」

「忠太郎に怪我《けが》をさせた落とし前、どうつけるつもりじゃ」

「はて、どういたしましょう」

「すっとぼける気か。それなら、こっちにも考えがあるぞ。わしはおぬしから、お役を取りあげることもできるのだからな」

「どうぞ、ご随意《ずいい》に。それから、ひとつだけ」

「何じゃ」

「嘘《うそ》つきは盗人のはじまりと、大事なご子息にお伝えください」

「何っ、忠太郎が嘘を吐《つ》いたと申すのか」

「ご不審なら、ご自身でお確かめを。いずれにせよ、ご子息とは関わりを持ちませぬゆえ、ご安心ください」

「ちっ」

親は子と同じように舌打ちしてみせる。

又兵衛は踵を返し、ひとまずは御用部屋へ逃れた。

殺風景な例繰方の御用部屋は、朝から淀《よど》んだ空気に包まれている。小机がきちんと並べられ、同心たちは調べ物をしているようにみえるのだが、ほとんどの者は居眠りをしていた。

ひとりだけ快活にふるまうのは、部屋頭《へやがしら》の中村角馬《なかむらかくま》である。

「平手よ、さっそくだが、内与力《うちよりき》の沢尻玄蕃《さわじりげんば》さまよりお尋ねがあってな、昨晩上《うえ》野《の》のお山で桜の枝を断《た》った不届き者がおるらしい」

「はあ」

「はあではない。御沙汰《おさた》の類例をしめしてみろ」

「不届き者が武士か町人か、武士であれば幕臣か陪臣《ばいしん》か、あるいは浪人かによっても御沙汰は異なります。酒を呑《の》んでいたかどうかによっても、罪状は変わってまいりましょう」

「さようなことはわかっておる。わしを誰じゃとおもうておる」

三つ年上の小心者で、上しかみない平目《ひらめ》与力、中村角馬ほど頼りにならぬ部屋頭はいない。

一方、誰からみても取っつきにくい又兵衛ではあったが、裁許帳《さいきょちょう》などに綴《つづ》られた記録を一度読んだだけで記憶に留《とど》めるという特技を持っていた。門外不出の御定書百箇条《おさだめがきひゃっかじょう》はもちろんのこと、七千余りもの類例を集めた約五十年分の例《れい》類集《るいしゅう》も端から端までおぼえており、それらを順不同で問われても、一言一句違《たが》わずにこたえられた。

中村もその点だけは一目置かざるを得ず、瞬時にこたえがわかる手引書のごとくいいように使いたいとおもっている。

「不届き者は浪人でな、正体を無くすほど酔っておったとか」

「されば、江戸払《えどばらい》にございます」

又兵衛は即答した。

浪人は酔って人を傷つけた武家の家来と同様に扱い、品川《しながわ》、板橋《いたばし》、千住《せんじゅ》、両国橋《りょうごくばし》から四谷大木戸《よつやおおきど》以内および本所深川《ほんじょふかがわ》への居住を禁じることとなろう。

中村は、ほっと溜息《ためいき》を吐《つ》いた。

「桜も人と同等にみなすというはなしか」

「いかにも」

「かりに、不届き者が酔った幕臣ならば、どうなる」

「桜を折ったことよりも、お山で酒を呑んだ罪のほうが重くみられましょう。逼塞《ひっそく》三十日の御沙汰を下されたのち、みずから腹を切った者もございます」

「ふうむ、なるほど。よし、なれば今より沢尻さまのもとへまいり、斯々然々《かくかくしかじか》とおこたえしてまいれ」

「それは御部屋頭のお役目では」

「わしはほかに用がある。おぬしが行け」

「はあ」

気は進まぬものの、抗っても埒《らち》があかぬので、又兵衛は飄々とした風情《ふぜい》で部屋から抜けだした。

二

沢尻玄蕃の目は糸のように細い。

内与力としては有能らしく、南町奉行の筒井伊賀守《つついいがのかみ》からも厚い信頼を寄せられているようだが、奉行所内の評判は今ひとつで、ことに「山忠」を筆頭とする古株連中からは毛嫌いされていた。

御用部屋を訪ねてみると、沢尻は書見台のまえにじっと座っている。

裁許帳か何かを読んでいるのだが、目が細すぎて、起きているのか寝ているのかわからない。

出直そうと背を向けると、重厚な声で呼びとめられた。

「たわけめ、わしが寝ておるとでもおもうたか」

「い、いえ」

「そこに座れ」

「はっ」

中腰で進み、命じられたとおりに対座する。

沢尻はほとんど表情を変えぬため、何を考えているのかよくわからない。

「人妻に艶書《えんしょ》を送った間抜け侍がおったであろう。おぬしが懸想罪《けそうざい》の類例を添えた浪人者じゃ。あやつ、死罪になったぞ。知ってのとおり、死罪は様斬《ためしぎ》りをともなう。今ごろは刑場の片隅で、胴を輪切りにされておるであろうな」

「それが何か」

さらりと応じると、沢尻は口端《くちは》の片方を吊りあげた。

「無論、おぬしに罪はない。されど、そうやって平然としていられる心のありようがわからぬ。おぬしが類例に手心をくわえれば、命まで取られずに済んだやもしれぬではないか」

笑止千万、お門違いも甚《はなは》だしい。

黙《だん》まりを決めこむと、沢尻はたたみかけてきた。

「線香のひとつもあげてやろうとはおもわぬのか」

「はて」

又兵衛はとぼけ、首をかしげる。

　例繰方が類例に手心をくわえれば、町奉行の裁《さば》きに差《さ》し障《さわ》りが生じよう。何よりも、公正さを欠くおこないは幕府権威の失墜《しっつい》を招く。されど、声を荒らげたところで詮無《せんな》いはなし、沢尻はすべて承知のうえで、つまらぬ問答を仕掛けているのだ。

「ふん、あいかわらず暖簾《のれん》に腕押しか。おぬしほど試し甲斐《がい》のない者もおらぬな。今さら申すまでもないが、例繰方にかぎらず、われら不浄役人は御法度《ごはっと》に忠実でなければならぬ。些細《ささい》な情に流されておるようではつとまらぬのだ。今日から出仕の新米どもには、何よりもそのことを教えねばなるまい。ついでに申せば、御用頼みや代々頼みなぞはもってのほか、わしに言わせれば悪しき習いじゃ。さようなことを堂々とつづけておる輩《やから》が身内におれば、厳格に処分いたさねばならぬ」

古株連中のことを念頭に置いているのだろうか。

大名家や大身《たいしん》旗本と結びつき、報酬を貰《もら》って揉《も》め事の示談や悪事の揉み消しをおこなう。そうした頼まれ事ならば、与力も同心も不浄役人は例外なくやっているし、付け届けには受けとった証《あか》しの書面までが発行される。

すなわち、双方の癒着《ゆちゃく》はおおやけにみとめられているようなものだが、沢尻はそうした風潮に少なからず反撥《はんぱつ》を抱いていた。

「ほれ、これをみよ」

沢尻が抛《ほう》って寄こしたのは、裁きの詳細が記されている裁許帳ではなく、諸大名宛てに発行された受けとりの写しだった。南町奉行所の与力や同心の名がずらりと並び、何年の何月に何処《どこ》の大名家へいかほどの受けとりが渡されたか、それらを勘定方《かんじょうかた》のほうで秘かにまとめた一覧にほかならない。

「それをみれば、誰がどの大名家と昵懇《じっこん》なのか、どれだけ私腹を肥《こ》やしておるのかも一目瞭然《いちもくりょうぜん》、わしにとっては閻魔帳《えんまちょう》のごときものじゃ。いずれにしろ、頃合いをみて大鉈《おおなた》を振るわねばならぬ。奉行所内の風紀については、この沢尻玄蕃が御奉行より一任されておるゆえ、遠慮無くやらせてもらう。平手よ、そのときはわしの手足となるのだ」

「えっ」

余計な役目を増やしてくれるなと、目顔で一応は訴える。

沢尻は気にも留めない。

「おぬしは融通《ゆうずう》の利《き》かぬひねくれ者じゃが、毒水だけは啜《すす》っておらぬ。みなに嫌われても動ぜず、心を鬼にして取り組まねばならぬ。さようなお役目、はぐれ者のおぬしにしかつとまるまい」

褒《ほ》めたつもりのようだが、褒められた気はしない。

沢尻の細い目が異様な光を帯びた。

「黴《かび》の生《は》えた習いはあらためていかねばならぬ。誰かが身を切るつもりで取り組まねばなるまい。のう、そうであろう」

「はあ」

「はなしはそれだけじゃ。退《さ》がってよいぞ」

腰を浮かしかけ、一応は尋ねてみる。

「……あの、桜の木を断った浪人者の件は」

「おっと、うっかり忘れるところであった。その浪人者、南茅場町《みなみかやばちょう》の大番屋《おおばんや》に留めおかれておるゆえ、今から行って吟味方に面談し、内々に御沙汰を伝えてまいれ」

「今からでござりますか」

「不服か、これもお役目ぞ」

「はあ」

「ついでにな、繫《つな》がれておる者のすべてにたいし、罪に応じた類例をしめしてやるがよい」

「えっ」

何故《なぜ》、そこまでやらねばならぬのか、又兵衛は首をかしげたくなった。

通常ならば、例繰方は御沙汰の内容がほぼ固まった段階で呼ばれ、町奉行が裁きに添えるべき類例をいくつか提示する。順序を逆さまにすれば、どうやら、煩《はん》瑣《さ》な手続きが軽減できるとのことらしい。

「かようなお役目、類例をもれなく記憶しておるおぬしにしかできまい。特技を生かせるお役目を与えてつかわすのじゃ、ありがたくおもえ」

「はあ」

「はあしか言えぬのか。わかっておるとおもうが、巷間《こうかん》には不届きな輩が増えに増え、面倒な手続きを省《はぶ》かねば裁ききれぬほどになっておる。わしはな、軽き罪を犯《おか》した輩は小伝馬町《こでんまちよう》の牢屋敷《ろうやしき》へ移さずとも済むようにしたいのじゃ。おぬしが足労《そくろう》して類例をその場でしめせば、大番屋に詰める吟味方の連中も悩まずに罪状を書面にできよう」

それらの書面を束《たば》にまとめて沢尻が吟味し、御奉行の筒井伊賀守にも諮《はか》ったうえで内々に裁きを下し、翌日には捕まえた者どもを早々に退去させるのだという。

「そうでもせねば、大番屋が不届き者どもの吹きだまりになるであろうが」

沢尻は明確な段取りを脳裏《のうり》に描き、すでに関わりのある各所への根回しも済ませているようだった。手続きを簡略にしたい意図は理解できるが、安易に利用される身になってみればたまらない。

又兵衛は渋々ながらも命にしたがい、数寄屋橋《すきやばし》から南茅場町へ向かったのである。

三

物々しい捕り物道具の並ぶ大番屋の敷居をまたいでみると、人いきれで噎《む》せかえるようなありさまになっていた。

板戸一枚隔《へだ》てた仮牢《かりろう》は満杯らしく、仮牢に入りきらぬ連中が板の間や三和土《たたき》にまではみだしている。月代《さかやき》と髭《ひげ》が伸び放題の浪人もおれば、風体《ふうてい》の賤《いや》しい折助《おりすけ》や町人もおり、見張りの同心に聞けば、いずれも喧嘩《けんか》沙汰や盗みで捕まった者たちばかりだった。

「そこにおるのは、例繰方の平手又兵衛ではないか」

奥から声を掛けてきたのは、陰で「河豚《ふぐ》」と呼ばれている吟味方与力の淵平太《ふちへいだ》夫《ゆう》であった。

おちょぼ口で頰の膨《ふく》れた見掛けも似ているが、どうやら、肝《きも》に猛毒を隠しているところから付けられた綽名《あだな》らしい。羽振りのよさから推《お》せば、各所から袖《そで》の下《した》をたんまり貰っているのだろう。直心影流《じきしんかげりゅう》の遣《つか》い手《て》でもあり、油断のならぬ男であることはまちがいなかった。

「はぐれ者のおぬしが何の用じゃ」

「内与力の沢尻さまに命じられてまいりました」

「ふん、細目の鰻《うなぎ》め」

「鰻にござりますか」

「ぬるっとして、とらえどころがない。それが沢尻玄蕃であろうが」

「はあ、なるほど」

ほかの古株といっしょで、河豚も鰻を嫌っているようだ。

「それで、何を命じられた」

「この場で例繰方が類例をしめせば、翌日には捕まえた者どもを退去させられるそうです」

「さようなはなし、聞いておらぬぞ」

聞いていないはずはないのだが、淵は嘲笑《ちょうしょう》しながら底意地の悪さを露呈《ろてい》する。

又兵衛は抗わず、ぺこりとお辞儀してみせた。

「されば、それがしはこれにて」

背を向けようとするや、雷《かみなり》を落とされた。

「たわけ、誰が帰ってよいと申した。ここにおる連中をどうにかしたいのは、わしとて同じ。鰻なんぞに言われずとも、わかっておるわ。ほれ、雪駄を脱いで仮牢に入るがよい。新米がひとりおるゆえ、そやつの指図にしたがえ」

「新米の指図にしたがうのでござりますか」

「そうじゃ。新米とは申せ、歴《れっき》とした吟味方の花形与力ぞ。穀潰しの例繰方といっしょにいたすな。しかも、年番方のてっぺんに陣取《じんど》るお方のお子でもある。丁《てい》重《ちょう》に扱わねば、あとで痛い目に遭《あ》うぞ。ふふ、さればな」

河豚はからからと嗤《わら》い、大番屋から去っていった。

嫌な予感がする。

そばに控える同心に案内を請《こ》い、仮牢の板戸を開けてもらった。

「うっ」

むっとするような臭気《しゅうき》に鼻をつかれる。

仮牢はさほど広くもない。

半裸の男たちが、壁に付けられた鉄鎖《てつさ》に両手を繋がれていた。

待ちかまえていた新米が、梟《ふくろう》のように首を捻《ひね》りかえす。

又兵衛は舌打ちしたくなった。

「誰かとおもえば、はぐれどのか」

生意気な口を叩くのは、山田忠太郎にほかならない。

鉄鎖に繋がれた連中が、血走った眸子《まなこ》で睨《にら》みつけてくる。

まともに飯も食わせてもらえず、したたかに笞《むち》を打たれたのか、血を流している者もあった。

忠太郎の右手には、真竹《まだけ》の芯《しん》を麻苧《あさお》で観世捻《かんぜより》に包んだ笞が握られている。

「おぬしがやったのか」

叱りつけるように糾《ただ》すと、新米はくいっと胸を張った。

「これもお役目にござる」

平然とした態度に、怒りが湧《わ》いてくる。

、こわっぱめ、不浄役人の心得を教えてやろうか。

又兵衛の月代が、鷭《ばん》のごとく朱に染まりはじめた。

滅多にないことだが、名状《めいじょう》し難《がた》い怒りをおぼえると、月代だけが赤くなる。懐《なつ》いている小者の甚太郎《じんたろう》からは「鷭の旦那」という綽名まで付けられていた。

ともあれ、新米をどうにかせねばなるまい。淵平太夫のような男ではなく、まともな指南役をつけねば、とんでもない悪党与力になってしまうだろう。奉行所に害をもたらすかもしれぬ芽《め》は、早々に摘《つ》んでおかねばならぬ。

頭ではそうおもっても、一抹《いちまつ》の躊躇《ためら》いが怒りをぐっと抑《おさ》えこむ。

小生意気な新米の鼻っ柱をへし折るのは、やはり、自分の役目ではない。

忠太郎が口先を尖《とが》らせた。

「嘘つきは盗人のはじまりと、父に告げ口なされたそうですな」

「それがどうした」

「正直者は莫迦をみるという格言をご存じか。くふふ、莫迦をみつづけたとどのつまりが、あなたにござる。わたしは、あなたのようにはなりたくない」

「言いたいことはそれだけか」

「もうひとつござる。いくら責めても、正直に罪をみとめぬ者があれに」

顎《あご》をしゃくったさきには、四十前後のうらぶれた浪人者が繋がれていた。

「無宿《むしゅく》の浪人者でござりましょうが、寺田宗助《てらだそうすけ》という姓名以外はわかりませぬ。上野のお山で桜の枝を断ち、その場で山同心《やまどうしん》に捕まりました」

なるほど、沢尻の言っていた男かとおもい、大番屋まで足労するきっかけとなった浪人者の顔を覗《のぞ》こうとする。それを遮《さえぎ》るかのように、忠太郎が喋《しゃべ》りかけてきた。

「何故、桜の枝を断ったのか、理由を質《ただ》してもまともにこたえませぬ」

「酔ったうえでの狼藉《ろうぜき》であろう。それ以上の何が知りたい」

「ちと、つきあっていただけますか」

忠太郎は仮牢を抜けだし、又兵衛を裏手へと導いた。

建物の板壁には、寺田が断ったとおぼしき桜の枝が立てかけてある。

見上げるほどの枝振りの豪華さに、おっと目を奪われた。

「御用桜《ごようざくら》を断った罪の証しとして、山同心から譲り受けた代物《しろもの》にござる」

立派な枝は太く、何本もの小枝に濃密な花を付けている。

「寺田は刀でこの枝を断ちました。一刀両断にござる。名のある剣客でなければ、これほど太い枝を一刀では断てませぬ。たとい剣客であっても、泥酔《でいすい》していてはとうていできぬ芸当だとはおもわれませぬか」

忠太郎が不審がるのもわかる。捕り方ならば誰でも、浪人の素姓《すじょう》や桜の枝を断った理由を問いたくなるだろう。

「淵さまには告げたのか」

「はい。痛い目に遭わせれば、そのうちに吐くであろうと仰《おつしや》いました」

「安易な責め苦はいかんな」

やんわりとたしなめると、忠太郎はまた「ちっ」と舌打ちしてみせる。

平手打ちでもしてやろうかと身構えたところへ、妖《あや》しげな中年増がやってきた。

雨も降っておらぬのに、高価そうな緋色《ひいろ》の傘《かさ》をさしている。

「へえ、この桜でござりますか」

中年増は満足げに言いはなった。

傘をたたむと、微《かす》かに花の香りが漂ってくる。

沈丁花《じんちょうげ》であろうか。

中年増は後ろに控えた連中に指図し、さっそく桜を運ばせようとする。

「おい待て、おぬしは何者だ」

忠太郎の問いに、艶《なま》めかしく微笑《ほほえ》んだ。

「柳橋《やなぎばし》の一兆《いっちょう》からまいりました、女将《おかみ》の八重《やえ》にございます。常日頃から、吟味方の旦那方にはご贔屓《ひいき》にしていただいておりましてね、淵さまから、よい桜があるから欲しけりゃくれてやると言われたものですから。お見世《みせ》の表口にでも飾らせていただこうとおもい、さっそく取りに伺《うかが》いました」

「ふん、そういう事情か」

ふてくされる新米の顔を、八重という女将は穴が開くほどみつめた。

「もしや、山田忠左衛門さまのご子息であらせられますか。まあ、お顔がお父上にそっくりだこと。お父上とごいっしょに、お見世のほうへお越しくださりませ。首を鶴のように長くして、お待ち申しあげておりますから」

女将は濃い紅《べに》を塗った口で微笑み、又兵衛に軽くお辞儀をすると、桜ともども風のように去っていった。

ぽかんと口を開けた忠太郎の顔は、鏡に映《うつ》った自分の顔かもしれぬ。

この日の夕刻、寺田宗助は大番屋から脱《ぬ》けだし、行方知れずとなった。

翌日、又兵衛はどうしたわけか、沢尻から罪人を逃した責を問われ、寺田を捜さねばならぬはめになる。

すべては、忠太郎の吐いた嘘の訴えからはじまったことだ。

驚いたことに、又兵衛は罪人逃しの濡《ぬ》れ衣《ぎぬ》を着せられたのである。

四

くさくさした気分で足を向けたさきは、楓川《もみじがわ》の西岸にある常盤町《ときわちょう》の一角だった。見慣れた平屋の手前には「鍼灸揉《しんきゅうも》み療治《りょうじ》　長元坊《ちょうげんぼう》」と、金釘流《かなくぎりゅう》の墨文字で書かれた看板が立っている。

開けはなちの戸口から内を覗くと、上《あ》がり端《ばな》に三毛猫《みけねこ》が丸まっていた。

「おぬし、肥えたな」

居着いた猫の名は長助《ちょうすけ》、又兵衛が付けた長元坊の本名にほかならない。

長元坊は隼《はやぶさ》の異称で、鼠や小鳥を捕食するものの、雉子《きじ》や山鳥を捕らえる鷹《たか》狩《が》りには使えない。人の意のままにならぬ猛禽《もうきん》の異称を、元破戒僧《はかいそう》の鍼医者《はりいしゃ》はえらく気に入っており、幼《おさな》い時分から使い慣れた本名で呼ぶと、すぐに機嫌を損なう。

「長助、あがるぞ」

「うるせえ、長助は猫だろうが」

坊主頭の大男は、勝手の土間で何かを煮込んでいる。

「潮《しお》の香りがするな」

「蛤《はまぐり》だよ、味噌仕立ての鍋《なべ》にするのさ」

「そいつはいい。ちょうど、腹が空いていたところだ」

「美味《うま》そうな晩飯をつくってると、おめえはかならず顔を出す。むかしっからそうだ。食い意地だけは張っていやがる」

「くそったれめ」

又兵衛は横を向き、おもいきり悪態を吐《つ》いた。

「おいおい、嫌なことでもあったのか」

寝小便を垂れていた頃からのつきあいゆえ、長元坊にだけは愚痴《ぐち》をこぼすことができる。又兵衛が朝からの経緯をかいつまんではなすと、海坊主にしかみえぬ大男は銚釐《ちろり》とぐい呑《の》みを携《たずさ》えてきた。

「まあ、呑め」

注がれた酒を一気に干すと、少しは気分も収まる。

「さあ、できた。蛤鍋だぜ」

長元坊は湯気の立った鍋を抱えてきた。

葱《ねぎ》やちぎり蒟蒻《こんにゃく》や独活《うど》なども、蛤といっしょに煮込んである。

手ずから椀によそってもらい、又兵衛はさっそく食べてみた。

「ふふ、美味いな」

「あたりめえだ。そんじょそこらの包丁人《ほうちょうにん》とは年季がちがう。酒蒸《さかむ》しもあるぞ。温《ぬる》い潮水に浸して、砂を吐かせるのがひと苦労でな」

酒蒸しは貝殻《かいがら》に入ったままで、三《み》つ葉《ば》が散らしてある。

汁といっしょに啜れば、口いっぱいに潮の香りがひろがった。

「むふう、こたえられぬ」

蛤尽くしの仕上げは、平串《ひらぐし》に刺した串焼きだった。

焦《こ》げ目に醤油《しょうゆ》が染みこみ、香ばしさがたまらない。

「ほれ、ぐいっといけ」

注がれてぐい呑みに口を近づけ、呑んだあとに宣言する。

「深酒はせぬぞ」

「可愛い女房が待ってるからか。ふん、所帯を持ったら、途端につきあいが悪くなりやがって、わかりやすい野郎だぜ。まだら惚《ぼ》けのお義父上《ちちうえ》は、まだ生きてんのか」

「あたりまえだ」

みずから嫁取りを望んだわけではない。昨年の夏、剣術師匠の小見川一心斎《おみがわいっしんさい》から、零落《れいらく》した旗本の娘と会ってみろと、なかば強引に見合いをすすめられた。はなしの流れで静香《しずか》という娘を屋敷に住まわせることになり、引っ越しの当日になって、同居せねばならぬ老《お》いた双親《ふたおや》があることを知らされた。

「お荷物がふたつ、もれなくついてきたってわけだ。おれなら、その場で叩きだしてやったところだぜ」

静香は気立てのよい娘だし、義母の亀《かめ》は何かと気を使ってくれる。義父の主税《ちから》は気位《きぐらい》の高い大身旗本の名残《なごり》を引きずっており、物忘れもかなり進んでいるが、行きつけの銭湯で背中を流してやれば、昇天したような顔をする。亡くしてしまった実の双親をおもいだし、できなかった親孝行の代わりをしているのだとおもえば、奇妙な縁に感謝したくなった。

「人がよすぎるのか、それとも、ただの阿呆《あほう》なのか。ま、おめえらしいと言えば、それまでだがな」

奉行所内では「はぐれ」で通っているものの、家に帰れば良き夫であり、今のところは良き息子でもあった。ふたつの顔を使い分ける又兵衛のことが、幼馴《おさな》染《じ》みの長元坊には不思議でたまらぬらしい。

「ふん、丸くなりやがって」

長元坊は勝手で包丁を握り、伊佐木《いさき》を三枚におろして刺身にする。ついでに、独活と田螺《たにし》の剝《む》き身《み》を酢味噌《すみそ》で和《あ》え、伊佐木の刺身ともども平皿に盛って出した。

見掛けによらず、器用な男なのだ。

さっそく、又兵衛は箸《はし》をつけた。

伊佐木は活《い》きがよく、しこしこする食感が楽しい。

ぬたの味は折紙付きなので、口に入れれば舌が喜ぶ。

酒のほうもすいすい進み、酔いがかなりまわってきた。

「で、どうすんだ。逃げた浪人を捜すのか」

「さあな、放っておくか」

「そうは烏賊《いか》の何たらだろうよ」

浪人は理不尽《りふじん》な責め苦に耐えきれず、見張りの隙《すき》を衝《つ》いて逃げたという。

「そいつがおめえの落ち度だと訴えたのは、山忠の莫迦息子なんだろう。居合わせた連中は口裏を合わせるだろうから、おめえは自分で疑いを晴らすしかねえ。

何が何でも浪人を捜しだし、本人の口から真相を告げさせるしかあるめえ」

「んなことはわかっている」

「猶予《ゆうよ》は三日しかねえんだろう」

三日経《た》って捕まえられぬときは、しかるべき処分を受けることになる。

理不尽なはなしだが、まっとうな言い分が通るような連中ではない。

「例繰方の旦那ひとりじゃ、どだい無理なはなしだぜ。助けてほしいんなら、素直に頭をさげな」

口をへの字に曲げ、又兵衛は黙りこむ。

「おめえは、むかしっからそうだ。弱音を吐いたら負けだとおもっていやがる」

長元坊の言うとおりだが、父が非業の死を遂げてからは、そうやって生きてきた。弱音を吐かずに意地を張らねば、疾うに潰されていただろう。

「仕方ねえ。ひと肌脱いでやるか」

「すまぬ」

「おっと、見返りはちゃんと貰うぜ」

「見返り」

「ああ、そうだ。莫迦息子の泣きっ面《つら》を拝《おが》ましてもらう。ついでに、莫迦親父の狼狽《うろた》えた面もな。そいつが報酬代わりだ」

いつの間にか、ふたりは冷や酒を呑んでいた。

長元坊は五合徳利《どくり》をかたむけ、苦い顔をしてみせる。

「けっ、酒が無くなった。豊島屋《としまや》の白酒ならあるけどな。常連の梅干婆《うめぼしばばあ》が置いていった代物だ。甘ったるい白酒と、炊《た》きたての飯に蕗味噌《ふきみそ》を擦《なす》りつけて食うのと、どっちがいい」

「聞くまでもあるまい」

蕗味噌が又兵衛の大好物だと、長元坊は知っている。温かい飯に蕗味噌を擦りつけて口に入れる瞬間は、まさに極上の幸せと言うよりほかになかろう。

長元坊はのっそり立ちあがり、竈《かまど》のほうへ向かった。

炊きあがった土鍋《どなべ》の蓋は外れかけ、このときを待ちわびていたかのように、威勢よく湯気を吹きあげている。

じゅるっと、又兵衛は涎《よだれ》を啜りあげた。

五

逃げずにいたら所払《ところばらい》で済んだのに、大番屋から逃げて捕まれば、最低でも斬首は免《まぬが》れない。牢破りに相当するとみなされれば、見懲《みこ》らしの意味も込めて、市中引きまわしのうえ獄門《ごくもん》となるであろう。

責め苦に耐えかねて逃げたのなら、そう仕向けた山田忠太郎の責は重い。

寺田宗助を捕まえ、一連の経緯が判明したあかつきには、忠太郎も責を問われるであろう。少なくともお役は返上することになろうし、父親である忠左衛門の処遇にも波及しかねない。

ただし、すべては寺田を捕らえることができたらというはなしである。

逃げる隙があったとすれば、厠《かわや》へ連れていかれたとき以外には考えられなかった。平常ならば仮牢のなかで済ませるが、繋がれた者が多く、仮牢は耐えきれぬほどの臭気に包まれていた。それゆえ、縛《いまし》めを解いて裏の厠へ連れていかねばならず、その隙を衝かれたものと推察された。

立ちあったのは同心か小者であろうが、差配を任された与力は忠太郎である。

忠太郎は最悪の事態を恐れ、誰かに濡れ衣を着せるしかないとおもったのだろう。あるいは、指南役の淵平太夫に相談し、そうすることに決めたのかもしれない。淵としても、保身をはからねばならぬ立場にあるからだ。

どちらが主導したにせよ、おあつらえむきな相手に映ったのが、偶《たま》さか午前中に訪れていた又兵衛であった。内勤の冴《さ》えない小役人にしかみえぬし、どう逆立ちしても寺田のことは捕らえられまい。

寺田本人の訴えが得られなければ、大番屋の連中と口裏を合わせ、嘘を真実《まこと》と言いくるめることはできる。そもそも、又兵衛はみなから煙たがられており、救おうとする者などあらわれぬはずだ。

そんなふうに考えたとしたら、もはや、同情の余地はなかろう。

「こっちも本気で潰しにいくぜ」

長元坊は頼もしい台詞《せりふ》を吐いた。

そして、翌日の午後にはさっそく、端緒《たんしょ》を掴んできた。

導かれて向かったさきは、上野の「お山」と呼ばれている寛永寺《かんえいじ》の境内である。

西の空には大きな夕陽があり、長元坊の坊主頭も杏色《あんずいろ》に染まっていた。

境内は満開に近い桜で埋め尽くされ、花見客はいつまでも帰ろうとしない。

　ふたりは遊山《ゆさん》気分でのんびりと歩き、大きな桜の木のそばまでやってきた。

「枝を断たれたのは、その木だぜ」

　寺田宗助を捕まえた山同心から聞きだしたのだ。なるほど、大上段に構えて届くあたりに、刀で断たれたらしき痕跡《こんせき》をみつけた。

「おめえは香取神道流《かとりしんとうりゅう》の遣い手だ。斬り口をみりゃ、断った野郎の力量がわかるんじゃねえのか」

　又兵衛は桜の木に身を寄せ、斬り口を撫《な》でながらうなずく。

「忠太郎も言っていたとおり、一刀のもとに断たれている。かなりの手練《てだれ》にまちがいあるまい」

「どうやら、ひとりじゃなかったらしいぜ」

「えっ、どういうことだ」

　夕闇のもと、寺田は三人の月代侍に囲まれていたという。

「桜の木を背負って刀を抜き、抜刀《ばっとう》した三人と向きあっていたのさ」

　ちょうどそこへ、見廻りの山同心が行きあい、慌《あわ》てて龕灯《がんどう》を照らしながら呼子《よびこ》を鳴らした。寺田が桜の枝を斬ったのは、その直後だった。驚いた月代侍たちは後退《あとずさ》りし、あきらめてその場から立ち去ったというのだ。

「侍同士の諍《いさか》いなら、山同心も深入りはしねえ。ところが、でえじな御用桜の枝を斬られた以上、捕まえなきゃ面目《めんぼく》が立たなかった。山同心が近づくと、寺田は神妙にお縄を頂戴《ちょうだい》したんだとさ」

どうやら、それが真相のようだが、月代侍たちのことは引き継《つ》いだ町奉行所の役人たちに伝わっていなかった。

「経緯をもれなく伝えれば、逃げた月代侍を捜せってことにもなりかねねえ。そいつは勘弁だ。ただでさえ花見客の対応で忙《せわ》しねえってのに、余計な厄介事《やっかいごと》を抱えちまう。上がそう判断し、酔った勢いで桜の枝を断ったことにしちまった」

長元坊が高価な剣菱《けんびし》を一本差し入れたところ、山同心が重い口を開いたのだという。

「どいつもこいつも、いい加減だな」

溜息を吐いたところで、事態は好転しない。いずれにしろ、真相はすり替えられた。うらぶれた浪人者が、酔った勢いで枝を断ったことにされたのだ。

「それだけじゃねえ」

長元坊は眉間《みけん》に縦皺《たてじわ》を寄せる。

「断たれた枝の下をみてみろ」

「ん、洞《ほら》があるな」

縄を打つ寸前、浪人者が妙な動きをしてみせた。不審におもった山同心はあとになって戻り、桜の幹に洞があるのをみつけた。さらに、洞のなかを探り、小さな麻袋《あさぶくろ》をみつけたらしかった。

「浪人が隠したものにちげえねえと察し、さっそく麻袋を開けてみると、何かが紫の袱紗《ふくさ》に包まれてあった。きっと、大事なものにちげえねえ。山同心はそうおもい、袱紗を開けてみたそうだ」

「何をみつけた」

「へへ、知りてえか。山吹色《やまぶきいろ》の小判じゃねえぜ。小判なら懐中に入れ、口を噤《つぐ》んだにちげえねえからな」

「もったいぶるな。山同心は何をみつけた」

「種《たね》だよ」

　と、長元坊はあっさり漏らす。

「花の種が後生《ごしょう》大事に包んであったのさ。山同心はがっかりしたものの、捨てられずに持っていた。みせてもらったが、何の種かもわからねえ。ただな、紫の袱紗には横向きの揚羽蝶《あげはちょう》が白抜きにされてあった」

「因州《いんしゅう》鳥取《とっとり》藩三十二万石、池田《いけだ》家の家紋か」

どうやら、それが長元坊のみつけた端緒らしい。

「月代侍たちの出所かもだぜ。又よ、おめえなら、どう読む」

「そうさな。まずは寺田宗助の素姓だが、何処かの藩の隠し目付《めつけ》か何かだったのかもしれぬ」

池田家のしかるべき筋から花の種を盗んだものの、それに気づいた池田家の連中から追われて寛永寺に迷いこんだ。山同心に気づかれたので、咄嗟《とっさ》に逃れようとおもい、わざと桜の枝を断って捕まった。だが、捕まれば持ち物を調べられるかもしれぬ。それを恐れ、大事な種だけは洞に隠した。

「ま、そんなところか」

「辻褄《つじつま》は合うな。でもよ、やっぱし種ってのが気に入らねえ。命《いのち》懸《が》けで守るだけの価値があるとは、とうていおもえねえかんな」

「いいや、そうとも言いきれぬ」

又兵衛は物知り顔で語りはじめた。

「変わり朝顔や斑入《ふい》りの万年青《おもと》で、とんでもない値がつくものもある」

「なるほど、言われてみりゃ、万年青が一鉢《ひとはち》で何百両もするとか、そんなはなしを聞いたことがあるな。ひょっとして、門外不出の種ってことか」

「咲かせてみねばわかるまい。それが何の種かはな」

「へへ、おもしれえ。でもよ、それほど貴重な種なら、取りもどしてえはずだろう。寺田は種を手に入れるために逃げたんじゃねえのか」

長元坊の指摘は当たっているかもしれぬと、又兵衛はおもった。

ほとぼりが冷めた頃をみはからい、境内に忍んでくるとすれば、捕まえる好機がめぐってくる公算は大きい。もちろん、丸一日近くは経っているので、すでに忍んできたかもしれなかった。山同心にみつけられたと察し、種捜しをあきらめたとすれば、捕縛《ほばく》する望みは薄くなる。

「断った桜の木をみつけるのは、言うほど簡単じゃねえぜ。何しろ、これだけの桜だ。捕まったときは七分咲き程度で、今とは風景もずいぶんちがう。それに、夕闇だったというしな」

しかも、追われて境内に逃げこんだとすれば、桜の木を特定するのは難しかろう。特定できねば、あきらめきれずに何度も足をはこぼうとするかもしれない。

そこに一縷《いちる》の望みをかけるしかなかった。

「餌《えさ》でも仕掛けておくか。袱紗と種は貰い損ねたが、こいつだけは頂戴した」

長元坊は袖の内から麻袋を取りだし、ひらひらさせてみせる。

何をするかとおもえば、麻袋に小石を詰め、洞のなかに置いた。

「こいつを奪おうとするやつが、寺田宗助だってことさ。でえち、顔をちゃんとみてねえんだろう」

「まあな」

月代でも剃《そ》られたら、見誤る危うさもある。

「又よ、暗くなりゃ御門が閉まっちまう。閉めだされるまえに、隠れ場所をみつけておこうぜ」

「よし」

ふたりは踵を返し、少し離れた御堂《みどう》の陰に身を隠す。

夜目に遠目であっても、桜の木に近づく人影は見逃すまい。

来ると決まったわけでもないのに、心ノ臓が高鳴ってくる。

「へへ、月が出てくれれば、めっけもんだぜ」

頼りになる長元坊は、不敵な面で笑ってみせた。

六

上弦《じょうげん》の月も出たので期待して待ちつづけ、明け方まで粘ってみたものの、ついに寺田宗助らしき人影はあらわれなかった。

又兵衛は八丁堀《はっちょうぼり》の屋敷に戻り、一睡もせずに霊岸島《れいがんじま》の『鶴之湯《つるのゆ》』へ向かった。大好きな朝風呂だけは欠かすことができぬ。義父の主税をともない、一番風呂に浸《つ》かったのだ。

「おぬし、何か悪さでもはたらいたのか」

目の下に隈《くま》をつくっていたせいか、主税に本気で心配された。

まだら惚けの主税には、経緯を説《と》いても無駄であろう。笑ってごまかし、背中の垢《あか》を搔《か》いてやったが、気持ちよさそうな顔で「気にいたすな。天網恢々《てんもうかいかい》疎《そ》にして漏らさずじゃ」と、存外に鋭い指摘をされた。

驚いて見返したものの、主税は自分で発したことばをおぼえていなかった。

温かくなったからだで屋敷に戻り、静香のつくってくれた卵粥《たまごがゆ》を啜った。よくできたおなごゆえ、余計なことは尋ねてこぬし、案じている素振りもみせない。又兵衛は事情を告げる暇《いとま》もなく、手っ取り早く着替えを済ませて屋敷をあとにした。そして、ともかくも奉行所へ出仕してからは、眠い眸子《こす》を擦りながら役目に勤しんだのである。

持って生まれた性分なのか、さほど焦《あせ》りも感じなかった。寺田宗助をみつけられずとも、どうにかなるであろうと安易に考えているところへ、内与力の沢尻玄蕃から呼びだしが掛かった。

御用部屋を訪ねると、開口一番、逃した罪人はみつかりそうか問うてくる。遠慮がちなはなしぶりから推すと、又兵衛が濡れ衣を着せられたことはわかっているようだった。

それでも、みずから真相を調べようとする素振りは微塵《みじん》もみせない。

「事はお上の威信に関わる」

などと、大袈裟《おおげさ》に発してみせる。

「存じておろう。先ごろ、上様は従一位左大臣《じゅいちいさだいじん》にご昇格あそばされた」

たしかに、それらしきはなしは耳にした。公方家斉《くぼういえなり》は在位三十五年、齢《よわい》五十にして官位の昇進を望み、朝廷にみとめられたのだ。ついでに、世嗣家慶《せいしいえよし》も正《しょう》二位内大臣《にいないだいじん》なる官位を授《さず》けられたものの、齢三十になっても家督《かとく》を譲られる道筋がみえぬせいか、毎晩、酒ばかり啖《くら》っているという。

市井《しせい》では「蟒蛇世嗣《うわばみ》」などと揶揄《やゆ》されているようだが、又兵衛にはどうでもよいはなしだし、お上の威信などと大上段に構えられても、戸惑うよりほかになかった。

そもそも、沢尻に大番屋へ足労しろと命じられたことから、すべての災難ははじまったのだ。原因をつくった張本人にもかかわらず、吟味方の言い分を鵜呑《うの》みにし、厄介事を又兵衛に押しつけようとする。保身に徹する態度が癇《かん》に障《さわ》ったが、抗っても詮無いことなので、適当に相槌《あいづち》を打っておいた。

御用部屋を辞去して廊下に出ると、今度は「鬼左近《おにさこん》」の異名で呼ばれる永倉《ながくら》左近に声を掛けられた。

「はぐれめ、とんだ不始末をしでかしてくれたな」

吟味方筆頭与力の永倉も、沢尻を毛嫌いしている。

「あんなやつの下におるから、どつぼに嵌《は》まるのだ。淵平太夫から聞いたぞ。おぬしの不注意で、大番屋に繋がれた咎人《とがにん》を逃したのだとな。されど、例繰方のおぬしが夕刻の遅い頃合いに、ふらふら出歩いておるはずもない。おぬし、まことはその場におらなんだのではないのか」

鬼左近はこちらの顔を覗きこみ、張りだした鰓《えら》を震わせながら嘲笑《あざわら》った。

「淵のやりたいことは、おおよその見当がつく。されど、事の真偽はどうでもよい。みずからの手で無実の証《あか》し立《だ》てができねば、淵平太夫の仕組んだ罠《わな》に嵌まるだけのこと。あやつは抜け目のない男ゆえ、味方にしておけば心強いが、敵にまわせば厄介このうえない。そのことを肝に銘《めい》じておくべきであったな」

まるで、他人事《ひとごと》のように言われたので、大いに腹が立った。鬼左近は吟味方をまとめている立場ゆえ、経緯を正直に告げてもよかったが、相手にされぬことがわかっているので黙っておいた。

鬼左近に言われたとおり、自力で解決するよりほかに方法はない。そのことを思い知らされたにすぎなかった。

一方、長元坊はいったん療治所《りようじしよ》に戻って少し眠ったあと、新大橋《しんおおはし》のそばにある鳥取藩の中屋敷へ向かい、中間《ちゆうげん》部屋から耳寄りのはなしを仕入れてきたらしかった。

又兵衛は居ても立ってもいられず、役目を終えたその足で常盤町の療治所へやってきたのだ。

「まずは一杯」

欠け茶碗に注がれた安酒を呷《あお》り、蕗味噌《ふきみそ》を指で拭《ぬぐ》って嘗《な》める。

長元坊は得意げに胸を張り、落ちついた口調で喋りはじめた。

「池田家の家来に、寺田宗助ってやつがいた」

「まことか」

「ああ」

物頭《ものがしら》までつとめた重臣だが、二年前に隠居しているという。

「寺田のことは、藩内でも知らねえ者はいねえ。何で有名になったとおもう」

「焦《じ》らすな」

「へへ、寺田宗助は他藩にも知られた鉢植え名人なのさ。おめえ、蘭《らん》という花を知ってっか」

「さあ、知らぬ」

数年前、和蘭陀《オランダ》の商館長《カピタン》が長崎《ながさき》から江戸表へ伺候《しこう》した際、池田家の殿さまに蘭の種を贈呈した。咲かせてみたら、蝶に似た紅白の花を茎《くき》にびっしり付けたという。

鑑賞を許された者のはなしでは、それは豪華な花だったらしい。

「お殿さまは大喜び、御家紋じゃ、池田家の御家紋じゃと、叫ばれた。それ以来、藩士たちのあいだでは、揚羽《あげは》蝶蘭《ちょうらん》と呼ばれるようになったとか」

種は門外不出、咲かせた花は公方家斉にも幕閣のお歴々にも披露《ひろう》されたことがなかった。

「幻《まぼろし》の花として、噂《うわさ》だけはその筋にひろまってるみてえでな、見事に咲かせた花が売りに出されたら、鉢植えひとつで一千両はくだらねえらしいぜ」

「……い、一千両」

「おれに言わせりゃ、そんな与太話《よたばなし》を信じるやつの気が知れねえ。でもな、池田家の連中はおおかた信じてる。知りあいで観た者が何人もいるからさ。ただし、種から花を咲かせるのは至難の業《わざ》、藩内でも唯一咲かせる方法を知ってんのが、隠居爺の寺田宗助なんだとさ」

桜の木を断った浪人は、鉢植え名人の姓名を騙《かた》った。

「やはり、まことの素姓は何処かの隠密《おんみつ》か」

貴重な種を盗むために、池田家の藩邸内へ送りこまれたのかもしれない。

「いってえ、誰に送りこまれたのか。そいつさえわかりゃ、逃げた浪人にもおのずと行きつくだろうぜ」

だが、沢尻に命じられた期限は、あと一日しかない。

「揚羽蝶蘭」

悠長《ゆうちょう》に調べをつづける猶予は残されていなかった。

「今夜もお山に潜《ひそ》むしかなさそうだな」

そのために、長元坊は塩結びをつくって待っていたのだという。

又兵衛は胸の裡で感謝し、着流し姿で大小を閂差《かんぬきざ》しにすると、日暮れを待たずに療治所をあとにした。

七

真夜中になると、寛永寺の境内はさすがに冷える。

ふたりは桜の木をのぞむ物陰に隠れ、じっと待ちつづけた。

幸い、今夜も空には月があり、夜桜を妖しげに映しだしている。

眠気が吹っ飛んだのは、子ノ刻《ねのこく》（午前零時頃）の鐘音《かねおと》を耳にした直後であった。

参道《さんどう》の向こうから跫音《あしおと》が近づき、桜の木の手前に人影があらわれたのだ。

頭巾《ずきん》をかぶっているので面相《めんそう》はわからぬが、背恰好《せかっこう》から推せば捜している相手にまちがいなかった。

「あらわれたぞ」

又兵衛は長元坊とうなずきあい、あらかじめ決めていたとおり、左右に分かれてまわりこむように迫った。

ちょうど、男は洞のなかへ右手を入れたところだ。

又兵衛は裾《すそ》を割って駆けより、右側から躍《おど》りこむ。

「ぬおっ」

気配を察した男は刀を抜き、鼻先に切っ先を向けてきた。

又兵衛もすかさず抜刀し、抜き際の一刀を薙《な》ぎあげる。

——きいん。

鋭い金音とともに、火花が散った。

休む間もなく、上段から二刀目が落ちてくる。

——がつっ。

十字に受けるや、強烈に手が痺《しび》れた。

相手は離れず、鍔《つば》迫《ぜ》り合《あ》いに持ちこまれる。

——ぎりっ。

又兵衛の刀は、刃《は》引《び》きがなされていた。

受けるのが精一杯で、反撃の余地はない。

相手は全身の重みを乗せ、圧《お》しかかってくる。

「ぬうっ」

凄《すさ》まじい膂力《りょりょく》だった。

鼻先に先端が迫り、又兵衛は仰《の》け反《ぞ》ってしまう。

そのとき、男の背後に大きな人影が近づいた。

――ばこっ。

鈍い音と同時に、白目を剝いた男が抱きついてくる。

「うわっ」

抱きあったまま倒れ、起きあがってみると、男は気を失っていた。

桜の太い枝を手にした長元坊が、上から覗きこんでくる。

「危うかったな」

「すまぬ、助かった」

「お安いご用さ」

又兵衛は気絶した男から刀を奪い、両手を縛りあげた。

「ぬぐっ」

頭巾を取ると、男は目を覚ます。

月代を剃っているので、大番屋から逃げた人物との判別はつかない。

桜の木に背をもたれさせると、ようやく、情況を悟《さと》ったようだった。

「……お、おぬしら、山同心ではないな」

男のほうから喋りかけてきたので、又兵衛は丁寧《ていねい》に応じた。

「拙者は平手又兵衛、南町奉行所の例繰方与力だ」

「例繰方か、おもいだしたぞ。大番屋におったな」

「おぼえておったか」

「阿呆な新米与力を戒《いまし》めておった。不浄役人のくせに、変わった男だ」

「おぬしのせいで、とんだ迷惑を蒙《こうむ》った。罪人逃しの濡れ衣を着せられたのだぞ」

「仲間同士で足の引っぱりあいか。それにしても、よくぞここに戻ってくるとわかったな」

「幼馴染みの鍼医者が、花の種をみつけたのさ」

「ほう、そっちの海坊主は鍼医者なのか」

長元坊は男に睨まれ、ぺっと唾《つば》を吐きすてた。

「海坊主で悪かったな。おめえは、寺田宗助っていう隠居の名を騙りやがった。

ほんとの名を教えろ」

「教えたら、逃がしてくれるのか」

男は長元坊ではなく、又兵衛のほうに顔を戻す。

「正直に喋るなら、考えてやってもいい。もっとも、おぬしにはほかに選ぶ道がない。このまま大番屋へ突きだせば、まちがいなく首を刎《は》ねられようからな」

又兵衛に諭《さと》され、男は口惜しげに唇《くちびる》を噛《か》んだ。

「拙者には妻子がおる。死ぬわけにはいかぬ」

「それなら、問いにこたえろ。まことの名は」

「真島新八《まじましんぱち》だ」

男は肩を落とし、観念したように素姓を告げる。

どうやら、美濃国加納《みののくにかのう》藩三万二千石を司《つかさど》る永井《ながい》家の元家臣らしかった。曾祖《そうそ》父《ふ》の代から馬廻《うままわ》り役《やく》をつとめ、新八も梶派一刀流《かじはいっとうりゅう》の免状《めんじょう》を土産《みやげ》に同じ役に就《つ》いた。ところが、とある重臣に課された密命を果たすことができず、出奔《しゅっぽん》を余儀なくされ、順風満帆《じゅんぷうまんぱん》かとおもわれた人生は暗転してしまった。

「二年前のはなしにござる」

密命を下したのは戸賀崎調所《とがさきずしょ》という次席家老で、密命の中味は鳥取藩池田家の物頭を闇討ちにするというものだった。

「まさか、物頭ってのは寺田宗助じゃあるめえな」

長元坊の問いに、真島はうなずいた。

「そのとおりだ。理由は知らされなんだ。あとで聞いた噂によれば、双方が宴席《えんせき》で鉢合《はちあ》わせし、些細なことで口論になったからだとか」

命じた理由は戸賀崎なる重臣の面目を立てるため、とうてい藩命とは言えぬものであった。

ただ、池田家と永井家が犬猿の仲であることはよく知られたはなしで、両家が険悪になった原因は秀吉《ひでよし》と家康《いえやす》が戦った小牧長久手《こまきながくて》の戦いまで遡《さかのぼ》る。池田家の祖として知られる恒興《つねおき》が、永井家の祖である直勝《なおかつ》に討ち取られたのだ。

爾来《じらい》、両家は徳川《とくがわ》家配下の大名となってからも、事あるごとに角《つの》突き合わせてきた。たとえば、毎年正月、池田家では先祖の弔《とむら》い合戦《がっせん》とばかりに、永井家の滅《めつ》亡《ぼう》を願うための祈禱《きとう》がおこなわれるという。

そうした背景もあり、どちらかの者が相手方に喧嘩を売っても不思議ではなかった。真島も幼少の頃から池田家の者たちを憎めと躾《しつ》けられていたので、理不尽な命に一抹の疑念を抱きつつも、寺田宗助を討ち果たそうとおもったらしい。

ところが、寺田は伯耆流抜刀術《ほうきりゅうばつとうじゅつ》の達人だった。容易《たやす》い相手ではなく、手傷を負わせただけで、死にいたらしめることはできなかった。仕留められなかった以上、のこのこ藩に戻るわけにもいかず、真島は出奔せざるを得なかったのである。

「寺田宗助は拙者の負わせた傷が原因《もと》で、隠居を余儀なくされたとか。そのはなしを風の噂で聞いたとき、何やら申し訳ない気持ちになりましてな。ちょうどその頃、妻子ともども潜んでいた裏長屋へ、戸賀崎の配下が訪ねてまいったのでござる」

ずいぶん以前から、真島の行方を捜していたらしかった。用件を問えば、二年前に討ち漏らした寺田のもとへ潜入《せんにゅう》し、花の種を盗んでこいという。

「新たな密命を果たすことができたら、藩への復帰を頼んでやる。二年前に改易《かいえき》となった真島家も再興の道筋をつくろうと約束されれば、拒《こば》むことなどできようはずもござらぬ」

真島は植木職人に化けて鳥取藩の御下屋敷へ潜入し、まんまと目的を達成した。ところが、盗んだ種を手渡す段となり、戸賀崎は約束を守るどころか、三人の配下を差しむけ、真島の命を狙わせた。

「口封じにござろう」

差しむけられた連中は、横沢彦之丞《よこざわひこのじよう》なる戸賀崎家の用人頭《ようにんがしら》に率《ひき》いられていた。

「おぬしと対峙《たいじ》した三人組のことか」

「いかにも」

横沢は梶派一刀流の同門で、真島とは鎬《しのぎ》を削った仲だという。

「手練三人が相手では勝ち目がない。観念しかけたところへ、突如《とつじょ》、呼子が鳴り響いた。山同心に捕まれば助かるかもしれぬとおもい、咄嗟に桜の枝を断ったのでござる」

「そして、盗んだ種は洞に隠した。されど、山同心の目は盗めなかったというわけか」

「やはり、種は山同心にみつけられたのでござるか」

「幸い、まだ山同心のもとにある。種の価値も、わかっておらぬようだ」

「あの種さえあれば、敵を誘いだすことができ申す」

「敵とは、おぬしの口を封じようとした連中のことか」

「いかにも」

二年前に真島家が改易となった際、妻の実家にも多大な迷惑を掛けてしまった。ところが、浪人の身に堕《お》ちても、妻は離れたくないと言ってくれた。その代わり、生まれたばかりの娘ともども、実家とは縁を切られたらしかった。

「妻は惨《みじ》めなおもいに耐え、爪に火をともすような辛《つら》い暮らしも厭《いと》わなかった。それがしは胸に誓ったのだ。死んでも、戸賀崎調所にだけは借りを返さねばならぬと」

「もしや、大番屋から逃げた理由はそれか」

真島新八には、命を賭《と》してでもやらねばならぬことがあったのだ。

うっかり同情しかけている自分を、又兵衛は持てあましていた。

八

翌朝もまた、又兵衛は沢尻の御用部屋に座っている。

「前もって言うておくが、申し開きは聞きとうない。逃した罪人は捕まえたのか」

「いいえ」

問いかけに首を振ると、沢尻はわざとらしく溜息を吐いた。

又兵衛は表情も変えず、落ち着き払った口調でつづける。

「ただし、罪人の素姓と大番屋から逃げた事情はわかりました」

「ん、どういうことだ」

「こたびの一件は、鳥取藩池田家と加納藩永井家が犬猿の仲であることに端《たん》を発しております。つづきをお聞きになりたければ、おはなしいたしますが」

「小莫迦にしておるのか。早う、はなせ」

「しからば」

又兵衛は得たりとばかりに、真島新八から聞いた内容を説いた。

沢尻はじっと耳をかたむけ、指で月代をかりかり掻きはじめる。

情緒《じょうちょ》が定まらぬときの癖だ。沢尻の迷いを、又兵衛は見抜いていた。

「藩同士の揉め事に、町奉行所は口出しできませぬ。誰が誰の命を狙おうと、知ったことではない。ただし、しかるべき地位にある陪臣が市井の者たちを巻きこんで不正をはたらいているとすれば、見逃すわけにはまいりませぬ」

「不正とは何じゃ」

沢尻は苛立《いらだ》ちを隠せない。

「鉢植えの闇取引にござります」

「何じゃと」

変わり朝顔や斑入《ふい》りの万年青に高値がつくことは知られている。ただし、法外な値で売買されるときは取り締まりの対象になった。それでも、特定の鉢植え欲しさに、大金を積もうとする者はいる。そうした金満家だけを集めて、闇で鉢植えの取引を仲立ちする阿漕《あこぎ》な商人がいるというはなしも、又兵衛は小耳に挟んだことがあった。

永井家の次席家老が後《うし》ろ盾《だて》となり、秘かに鉢植えの闇取引がおこなわれているのではなかろうか。

又兵衛にそうした疑いを抱かせたのは、誰あろう、真島新八にほかならない。

真島は追っ手の横沢彦之丞から、蘭の種を盗む目的らしきものを聞きだしていた。

次席家老の戸賀崎調所は「揚羽蝶蘭」の種が手にはいれば、取引の目玉になると笑ったというのだ。

永井家の御用達《ごようたし》に、成増屋《なります や》鉢右衛門《はちえもん》という植木屋がいる。以前から鉢植えの闇取引を疑われていた植木屋であったにもかかわらず、戸賀崎の口利きで同家の御用達になることができた。

真島は言ったのだ。

戸賀崎は成増屋と結託して金儲《かねもう》けを企《たくら》んでおり、知らぬ間に自分は片棒を担《かつ》がされたにちがいないと。

今は当《あ》て推量《ずいりよう》にすぎぬが、あり得ぬ筋書きではなかろう。

さらに、真島は「自分は大番屋から逃げたのではなく、逃がされたのだ」とも言っていた。やはり、厠へ連れていかれた隙に逃げたのだが、妙なことに、付き添った同心が手鎖《てぐさり》を外し、逃げろと言わんばかりに後ろを向いたらしかった。

新米の忠太郎はその場にいなかった。もちろん、わざと逃がしたのだとしても、同心の一存ではなかろう。同心に指図ができるのは、吟味方与力の淵平太夫を除いてはほかにいない。

ならば、真島を逃がそうとした淵の意図は何であったのか。

大番屋から逃げて捕まれば、死罪は免れない。淵はそれを狙った。真島を死に追いやるためだ。淵には真島を捕まえる自信があったのだろう。すぐには捕まらずとも、死んだものとして扱えばよい。淵はお上の定法《じようほう》で裁く狡猾《こうかつ》な手をおもいついたのである。

ならば、何故、淵が真島の命を狙ったのか。

その理由は、先日、沢尻が抛《ほう》った「閻魔帳」に隠されてあった。

又兵衛はさっと目を通しただけで、すべての記録を記憶していた。

一覧のなかには、淵平太夫と繋がりが深い大名家の名も記されてあった。明確におぼえている。記された大名家は「加納藩永井家」にまちがいなかった。

調べてみれば、すぐにわかることだ。淵は御用頼みとして、永井家への出入りを許されているのだろう。すなわち、永井家は賄賂《わいろ》を貰うお得意さま、戸賀崎とも顔見知りである公算は大きい。事によると、鉢植えの闇取引にも関わっており、戸賀崎に頼まれて真島の命を狙ったとも考えられる。

されど、すべては又兵衛が頭のなかで繋ぎあわせた推察にすぎず、証拠固めをするまでにはいたっていない。したがって、沢尻に告げるわけにはいかなかった。

又兵衛は膝《ひざ》を寄せ、毅然《きぜん》とした態度で訴える。

「沢尻さまは仰いました。御用頼みや代々頼みなぞはもってのほか、さようなことを堂々とつづけておる輩が身内におれば、厳格に処分いたさねばならぬと。さらに、頃合いをみて大鉈を振るわねばならぬとも仰《おお》せになった」

「それがどうした」

「鉢植えの闇取引を調べれば、大鉈を振るうべき輩のひとりを捕縛できるやもしれませぬ。おぼえておいでですか、それがしに手足になれと命じられましたな」

「命じた。今がそのときだと申すのか」

「御意《ぎょい》にございます」

「助かりたいがための方便ではないのか」

片眉《かたまゆ》を吊りあげる沢尻に向かって、又兵衛はめずらしく感情を露《あら》わにする。

「どうとでもお考えください。ただ、それがしに罪人逃しの責を負わせれば、永遠に芥掃除《ごみそうじ》の好機を失うことになりましょう」

じっと睨みつけると、沢尻は根負けしたように溜息を吐いた。

「芥掃除か」

「はっ」

「失敗《しくじ》ったら、つぎはないぞ」

「ははっ」

「勘違いいたすな。おぬしはあくまでも例繰方の平与力、巨悪を探索する吟味方ではない」

「承知しております。巨悪を暴《あば》いたところで、けっして表沙汰《おもてざた》にはいたさぬ所存。手柄はすべて、沢尻さまのものになされればよい」

「何を申す、無礼であろう」

「平《ひら》にご容赦《ようしゃ》を」

激昂《げっこう》してみせる声にも迫力がない。又兵衛の提案に折れた証しだ。

「ふん、手柄なんぞいらぬわ。さきほどのはなし、わしは聞かなんだことにする」

「承知いたしました。例繰方の繰《く》り言《ごと》とでもお思いください。されば、それがしはこれにて」

又兵衛が辞去を申し出ても、沢尻は何も言わなかった。

無言で送りだしたところをみれば、少しは期待しているのだろう。

ともあれ、壁はひとつ越えた。さっそく、つぎの壁に挑《いど》む支度を整えねばなるまい。

九

寛永寺の境内で真島新八の縄を解いてやった。

妻子と隠れて暮らす裏長屋の所在を聞きだし、逃げも隠れもせぬということばを信じて別れたのである。

今日も役目終わりに長元坊を誘い、昨夜につづいて寛永寺へ向かった。件《くだん》の山同心に値の張る酒を呑ませ、蘭の種をまんまと手に入れたのだ。

さらに翌朝、又兵衛は旅支度を整えると、ひとりで種を携え、北品川にある鳥取藩池田家の御下屋敷へ足を延ばした。

満開の桜に彩《いろど》られた御殿山《ごてんやま》の裏手には、一万五千坪にもおよぶ広大な敷地がある。潮風の吹きよせる高台からは、帆船《ほぶね》の行《ゆ》き交《か》う内海《うちうみ》の涯《は》てまでのぞむことができた。

わざわざ御下屋敷を訪れた目的は、鉢植え名人の寺田宗助に会うことだ。直《じか》に会って正直に事情をはなし、助っ人を頼もうとおもっていた。真島に聞いたので、御下屋敷の一角に寺田の住まいがあることはわかっている。

「落とし物を拾ったゆえ、ご本人にお渡しししたい」

又兵衛が帯に挟んだ十手《じって》をみせると、門番は不審も抱かずに取り次いでくれた。しばらくすると、用人らしき若侍があらわれ、寺田の隠居先まで先導していく。

行きついたところは、満天星《どうだん》の垣根に囲まれた風情のある平屋だった。終《つい》の棲《すみ》家《か》は国許《くにもと》の因州にあるが、藩主の斉稷《なりとし》公から「江戸表で見事な花を咲かせよ」と命じられ、御下屋敷内にも居を構えたらしかった。

真島から詳しく聞いていたおかげで、寺田のことはたいてい知っていた。

風貌は総白髪の皺顔だが、背筋はしゃんと伸び、喋りも丁寧で柔和《にゅうわ》な笑みを絶《た》やさない。こと花作りに関しては妥協を許さぬ頑固者らしく、長年つきあっている植木屋以外にはけっして心を開かぬという。

若侍につづいて冠木門《かぶきもん》を潜り、家作《かさく》の脇道から裏庭へまわる。

目に飛びこんできたのは、何段もの棚に並ぶ鉢植えだった。

なかでも目立つのは、真紅《しんく》の鮮やかな大輪である。

「寒牡丹《かんぼたん》か」

おもわず漏らしたところへ、背後から何者かが近づいてきた。

はっとして振りむくや、鼻先へひょいと小枝の先端を突きつけられる。

「勝負あり、おぬしは死んだ」

歯の抜けた口で笑う人物こそ、寺田宗助にちがいなかった。

「……お、お見事」

又兵衛は身を反らせ、どうにか反応する。

伯耆流の手練と聞いていたが、偽《いつわ》りのない力量の片鱗《へんりん》をみせられたおもいだ。

「初太刀《しょだち》は何とか躱《かわ》したな。おぬし、修《おさ》めた流派は」

「香取神道流にござります」

「抜きつけか」

「いかにも」

「抜きつけを我が物にするには、飛蝗《ばった》のごとき脚力が要るとか。ふうむ、情けない面をしておるが、足腰だけは強そうじゃな」

初対面で非礼なことを言われても、まったく腹が立たない。

親しみやすい口調と人を喰《く》ったような表情、何よりも重ねてきた年輪の厚みを肌で感じるからだろうか。

「それで、不浄役人が何の用じゃ」

問われてはっと我に返り、又兵衛は懐中から袱紗を取りだした。

寺田は袱紗をみてわかったのか、悲しげにぽつりと漏らす。

「揚羽蝶蘭の種か」

「いかにも」

「種を盗んだ者が捕まり、盗んださきを吐いたのじゃな。希少な種の価値を知り、わざわざおぬしはやってきた。落とし物を拾ったなどと嘘を吐いてまで、何《なに》故《ゆえ》、わしに会おうといたす」

何から何まで見抜かれている。

又兵衛はひらきなおるしかなかった。

「助っ人をお願いしたい。その一存でまいりました」

「ふん、わけのわからぬことを抜かす」

「それがしが捕まえたいのは、鉢植えの闇取引をおこなう悪党どもにございます。鍵を握る仲立ちの商人に餌を投げ、悪党どもを一網打尽《いちもうだじん》にいたす所存。そのためには是非とも、寺田さまのお力をお借りしなければなりませぬ」

「ふん、厄介至極《やっかいしごく》なはなしを持ちこんできおったな」

寺田はしばし黙りこみ、おもむろに口を開いた。

「ところで、種盗人はいかがした。首を刎ねたのか」

「いいえ、縄を解きました」

「ん、何故じゃ。不浄役人のくせに、盗人を逃したと申すか」

「いかにも」

又兵衛は毅然と応じた。

「あの者を裁けば、巨悪を暴く道筋が途絶《とだ》えてしまいます。それゆえ、逃しました」

「おぬしの一存でか」

「はい」

「ふうむ、変わった男じゃ。おぬしらは他人の不幸を嗅《か》ぎつけ、隙あらば取り入り、ときには権威を振りかざして脅《おど》しつけ、ちまちまと小金を巻きあげては私腹を肥やす。それゆえ、不浄役人と呼ばれておるのではないのか」

「それがしは例繰方にござります。御奉行の裁きに必要な類例を集めるのが役目ゆえ、ちまちまと小金を貯める才覚も手管《てくだ》もござりませぬ」

「例繰方か。さような非力役人が、何故、巨悪に挑もうとする」

やむにやまれぬ事情があると告げても、寺田の胸には響くまい。

「非力とは申せ、十手《じって》持《も》ちの矜持《きようじ》だけは携えております」

又兵衛が真顔で応じると、寺田も笑わずに問うてくる。

「十手持ちの矜持とは何じゃ」

「正義に殉《じゆん》ずる覚悟のほどにござる」

「ふん、青臭《あおくさ》いのう。されど、青臭さが消えてしまえば、巨悪に挑もうとする役人なぞひとりもおらぬようになろう。世の不浄を洗いながしてこその不浄役人、おぬしにはまだ気概の片鱗が残っておるようじゃな」

「ご助力願えますか」

「詮方《せんかた》あるまい」

寺田は入れ歯を嵌め、にっと笑う。

又兵衛の肩から、ようやく力が抜けた。

「ところで、種盗人に妻子はおるのか」

「はい、脱藩しても寄り添ってくれたご妻女《さいじょ》と、三つになった幼子《おさなご》が」

「三つか、可愛い盛りであろうな。おそらく、妻子のためにやったことであろうよ」

「仰せのとおりかと。種盗人は二年前まで、加納藩永井家の馬廻り役に任じられておりました。上役から密命を下され、犬猿の仲と目されている貴家の重臣を闇討ちにしようとした。ところが、討ち漏らし、脱藩を余儀なくされたとか」

「あの莫迦たれめ。やはり、そうであったか」

植木職人に化けた種盗人のことを、二年前に斬りつけてきた刺客ではないのかと、寺田は疑っていたのだ。

「面相なぞわからぬが、何とのう疑っておった。あやつは間者《かんじや》に向かぬ。いつも、おどおどしておったわ」

「そうでしたか」

「おおかた、二年前のことを引きずっておったに相違《そうい》ない。何故、わしを斬らねばならぬのか。どうせ、聞かされておらなんだであろうからな」

寺田は闇討ちに遭ったことや貴重な種を盗まれたことよりも、真島新八の行く末を案じているようだった。

「あやつは二年前、罪業《ざいごう》を背負わされたのじゃ。どれだけ罪深いことをしたのかと、まともな侍ならば悩みつづけておったはず。されど、暮らしに困窮《こんきゆう》しておったがゆえに、悪党どもからつけこまれ、ふたたび、わしのもとへ忍んでまいった。あやつはまだ若い。立ちなおることもできよう。ともあれ、無事ならばそれでよい。おぬしには感謝せねばならぬかもな」

「何を仰います」

「わしはな、何事につけても世間の下す評価など信じぬ。池田家と永井家が犬猿の仲だろうと何だろうと、さようなことはどうでもよい」

鉢植えの闇取引については、以前から聞きおよんでおり、人知れず心を痛めていたという。

「一所懸命に育てて咲かせた花を、金持ちだけが独り占めにする。さようなことがあってはならぬ。鉢植え爺には爺の矜持があるというはなしよ。さあ、茶でも淹《い》れてつかわそう。詳しい段取りを聞いておかねばなるまい」

寺田宗助は老いてなお、胸の奥底に気骨《きこつ》を備えている。

又兵衛は背中を強く押され、百人力の助っ人を得たようにおもった。

十

阿漕な商人の鼻先に餌をぶらさげ、釣り針に食いつかせる。

成増屋鉢右衛門が「会わせてほしい」と言ってくるまで、三日と掛からなかった。

もちろん、成増屋の目当ては、鉢植え名人として名高い寺田宗助である。

相手を信用させるべく、敢《あ》えて北品川の御下屋敷を訪ねるように仕向けた。

又兵衛は氏素姓《うじすじよう》を偽り、寺田家の用人となって控えることを許された。

先日は気づかなかったが、御屋敷を囲む田圃《たんぼ》の畦道《あぜみち》には白い辛夷《こぶし》が咲いていた。田打《たう》ちもはじまり、季節は緩《ゆる》やかに春から夏へとかたむいていく。季節の移り変わりを感じる余裕を失えば、難事を解決する糸口も見失ってしまうであろう。

見込みどおり、成増屋は誘いに乗った。店は板橋宿《いたばししゅく》の手前にあるので、ざっと四里の道程《みちのり》だが、植木屋なら誰もが接見を望む寺田宗助と懇意《こんい》にできるのならば、けっして遠い道程ではなかろう。

もちろん、永井家の御用達だけに、日頃から敵とみなす池田家の御門を潜るのは勇気の要ることだ。そうおもって身構えていると、成増屋は手代《てだい》ひとりだけをともない、平然とした顔であらわれた。

両家の不和など、まったく気にする素振りもない。

やはり、商人だけあって、儲け話がすべてに優先するのだ。

寺田と又兵衛は前後になり、ずらりと鉢植えの並ぶ棚のまえで出迎えた。

成増屋は小走りに近づき、深々と頭をさげる。

「お声掛けいただいた成増屋鉢右衛門にござりまする」

「ふむ、よう来てくれた。寺田宗助じゃ」

寺田老人が胸を張ると、成増屋は小太りのからだを縮めた。

「ご高名はかねがね、伺っておりまする。こたびは、丹精込《たんせいこ》めてお作りになった揚羽蝶蘭をおみせいただけるとのこと、これほどの栄誉はございませぬ。それにしても何故、よりによって手前なんぞをお選びになったので」

「聞きたいか。それはな、とある筋から、おぬしの評判を聞いたからじゃ」

「手前の評判」

「おぬしが闇で鉢植えをさばけば、表値の三倍は堅いそうではないか」

一瞬、成増屋は沈黙し、喉仏《のどぼとけ》を上下させた。

「もしや、門外不出の揚羽蝶蘭をお売りになるおつもりで」

「事と次第によってはな」

なかば期待していただろうに、成増屋は驚いた顔をする。

「じつを申せば、近々、ご贔屓の旦那衆を集めた取引がござります。その際の目玉にさせていただいても、よろしゅうござりますか」

「はて、どういたすかな」

寺田は悩むふりをしながら、又兵衛のほうをみる。

成増屋もつられて、追従笑《ついしょうわら》いの残った顔を向けてきた。

「用人の平手じゃ。鉢植えのことはすべて任せておるゆえ、平手と打ち合わせいたすがよい」

「へへえ」

「されば、従《つ》いてまいれ」

寺田は偉そうに告げ、野良着姿で棚のほうへ向かう。

又兵衛もまだ、咲かせた揚羽蝶蘭を目にしていなかった。

「あれじゃ」

寺田が顎をしゃくったさきに、布で包んだ大ぶりの鉢植えが置いてある。

成増屋は足を止め、ごくっと生唾《なまつば》を呑みこむ。

本物の用人が鉢植えに近づき、慎重な手つきで布を外した。

「おお」

声を発したのは成増屋だが、又兵衛も目を釘付けにされた。

すっくと伸びた青い茎には、純白の花弁がびっしり付いている。

今しも、すべての花弁が蝶となって舞いあがりそうな錯覚《さっかく》を抱いた。

「満足か」

寺田が微笑みかける。

成増屋がうなずいたのは言うまでもない。

「まこと、噂に違《たが》わぬ鉢植えにござります。あちらならばまちがいなく、取引の目玉となりましょう」

「高値で売れそうか」

「それはもう、この成増屋が請けあわせていただきます。かならずや、目の肥えた旦那衆にもご満足いただけましょう」

「さようか、ならばよい」

寺田は横を向き、一瞬、苦々しげに顔をしかめた。

もちろん、売るつもりなど毛ほどもない。

成増屋が唾棄《だき》すべき金の亡者《もうじゃ》にみえたのだろう。

寺田はそれ以上は何も言わず、棚の向こうへ消えた。

「行ってしまわれましたな」

成増屋は深々とお辞儀し、又兵衛のほうに向きなおる。

「平手さま、あれだけの揚羽蝶蘭なら、低く見積もっても一千両の値はつきましょう。まこと、手前にお預けいただけるのでござりましょうか」

「そのおつもりゆえ、おぬしを呼んだのであろうよ。されど、おぬしが催《もよお》す分限《ぶげん》者《しゃ》どもの集まり、まことに大丈夫なのか」

「町奉行所の手入れをご案じならば、心配は無用にございます。しかるべき手は打ってございますれば」

「しかるべき手とは何だ」

又兵衛は表情を変えず、もっとも知りたいことを巧《たく》みに聞きだそうとする。

成増屋は身を寄せ、声を落とした。

「ここだけのはなし、吟味方のお役人に袖の下をたんまり。そのお方は集まりの際はいつも顔をみせ、周囲に目を光らせておいでです。永井家とも腐れ縁ゆえ、よもや裏切ることはござりませぬ」

胸の裡で快哉《かいさい》を叫んだ。

淵平太夫の関与はまず、まちがいあるまい。

「おわかりになっていただけましたか」

「待て。あの花を売るとなれば、殿のお許しを得ねばならぬ」

「えっ」

「案ずるな。花のことはすべて、我が主人の寺田さまに任されておるゆえな」

「さようですか、安堵《あんど》いたしました」

成増屋は手拭《てぬぐ》いで額の汗を拭《ふ》き、又兵衛の袖を摑まんばかりに懇願《こんがん》した。

「平手さま、けっして、悪いようにはいたしませぬ。それがしにすべてをお任せください」

「さて、どういたすかな」

わざと焦らしてやると、成増屋は手代に指図し、携えてきた菓子折を差しださせた。

「金沢丹後《かなざわたんご》の煉《ね》り羊羹《ようかん》かとおもいきや、さにあらず」

又兵衛は迷わず受けとり、にんまりと笑いかえす。

「なるほど、ずっしりと重いのう」

「ぐふふ、山吹色に輝く羊羹の重みにござります」

卑《いや》しげに笑う阿漕な商人は、ぱっくり針に食いついてくれた。

闇取引の日時と場所を聞きだしたら、巧みに罠を仕掛けねばなるまいと、又兵衛はおもった。

十一

翌朝、吟味方同心の遺体が稲荷堀《とうかんぼり》の北端に浮かんだ。

みつけたのは刻限に正確な豆腐《とうふ》売りで、小網町《こあみちょう》の思案橋《しあんばし》にほど近いあたりだという。

細木正次《ほそぎしょうじ》という名を聞いても、最初はぴんとこなかった。大番屋詰めの同心だったと知り、あっと声をあげそうになった。

細木は行きつけの居酒屋で大量に酒を呑み、千鳥足《ちどりあし》で帰路をたどる途中、堀の縁で足を滑らせたとのことらしい。

死因は溺死《できし》だったと聞き、又兵衛は首を捻った。

「そんなはずがあるものか」

細木は与力の淵平太夫に命じられ、真島新八の縛めを解き、大番屋からわざと逃がした。その事実が外に漏れぬように、淵が口を封じたのだ。そうに決まっていると吐きすてたところで、証し立てする手はない。狡猾な淵のことゆえ、証しになりそうなものはすべて始末しているはずだった。

ただ、ひとりだけ気になる者がいる。新米与力の山田忠太郎だ。

何かあれば淵の側につくはずなので、関わりを避けてもよかった。

悪辣《あくらつ》な淵平太夫と一蓮托生《いちれんたくしょう》とみなし、苦汁《くじゅう》を呑ませることもできたし、長元坊などはそうしたらいいと言った。

だが、忠太郎はまだ若く、再起の余地はある。

長元坊には「甘いやつだな」と皮肉られたが、又兵衛は一度だけ仏心をみせてやろうとおもった。

恩を売るのではない。親の七光りで切り抜けられるほど、世の中は甘くない。そのことを教えてやりたかった。新米には捕り方の真髄《しんずい》を植えつけておかねばならぬ。そうした親心のようなものが、多少はあったのかもしれない。

成増屋からはさっそく、闇取引の日時と場所を報《しら》せる連絡《つなぎ》があった。

日時は四日後、浅草三社祭《あさくささんじゃまつり》のおこなわれる十八日夕刻、驚いたことに、柳橋の『一兆』を貸し切りにして催すという。

又兵衛は、八重という妖艶《ようえん》な女将の顔を思い浮かべた。

そういえば、雨も降っておらぬのに、緋色の傘をさしていた。

「あれは美濃傘《みのがさ》か」

美濃傘は加納藩の台所を支える納屋物《なやもの》ゆえ、永井家の家来たちが内職でつくった代物かもしれない。『一兆』は永井家の連中と深く関わっており、御法度の闇取引にも加担していたのであろう。

淵平太夫が仕切り役となり、闇取引の場として『一兆』を使うことに決めたのかもしれない。山田忠左衛門らを常連にし、悪事を露見《ろけん》させぬための隠れ蓑《かくみの》にしたのだとすれば、狡猾なやり口と言うしかなかろう。

どっちにしろ、四日後には片を付けてやる。

又兵衛は並々ならぬ決意を胸に秘め、数寄屋橋から南茅場町の大番屋へ向かった。

同心の細木が亡くなったにもかかわらず、大番屋のなかはいつもと変わらず、軽い罪で捕まった者たちでひしめいている。

忠太郎は牢名主《ろうなぬし》のごとく、仏頂面《ぶっちょうづら》で板の間の中央に座っていた。

一日の大半を大番屋で過ごさねばならぬことに、不満を抱いているようだ。

おそらく、父親の忠左衛門にも、早く奉行所へ戻してほしいと訴えたにちがいない。だが、忠左衛門は首を縦に振らなかった。我が子を修行の一環《いっかん》として留めおいたとすれば、まだ少しは見込みがある。

夕陽を背にして敷居をまたぐと、舌打ちが聞こえてきた。

淵のすがたはない。忠太郎のほかには、見張り役の同心ふたりと小者たちが控えている。

「ほれ、差し入れだ」

又兵衛は菓子折を差しだした。

成増屋の置いていった菓子折には、本物の煉り羊羹もはいっていたのだ。山吹色の贈答品は、寺田老人に預けてある。阿漕な商人に叩き返したいのは山々だろうが、もうしばらくは我慢してもらうしかない。

小者が茶を淹れ、棹《さお》になった煉り羊羹を切りわける。

忠太郎はひと切れ摘まみ、礼も言わずに口へ入れた。

美味いはずだが、仏頂面を意地でもくずさない。

可愛いやつだなと、又兵衛は素直におもった。

「何か用ですか」

焦れたように問われたので、又兵衛は身を寄せる。

「細木正次が亡くなったと聞いた」

「泥酔したあげく、堀に嵌まったそうです」

「信じるのか」

「えっ」

「細木は桜の枝を断った浪人を逃した。そのことは、おぬしも知っておるはずだ」

「……な、何を仰います。浪人は勝手に逃げたのです」

「そして、逃した責をわしに負わせようとしたな。すべては、淵平太夫の指図だ。おぬしも細木も逆らえず、口裏を合わせた。そうではないのか」

罪の意識があるのか、忠太郎は俯《うつむ》くしかない。

又兵衛はやんわりと、諭すようにつづけた。

「沢尻さまから期限を設《もう》けられ、わしは逃げた浪人者の探索をおこなった。そして、期限が過ぎても、責を負わされることはなかった。おぬしも妙だとおもったであろう。淵もたぶん、そうおもったはずだ。何故《なにゆえ》、平手又兵衛は罪を免れたのか。考えられることはふたつ、ひとつは浪人を捕まえたこと、もうひとつは誰かが真実を漏らしたこと。疑心暗鬼になった淵はまず、おぬしを問いつめた。されど、おぬしは必死に否定した。自分は裏切っておらぬとな。おぬしの目をみれば、嘘を吐いているかどうかはすぐにわかる。淵は細木を疑い、挙《あ》げ句《く》の果てには口を封じた」

「……や、止めてくれ」

忠太郎は耳をふさぎ、ぶるぶる震えだす。

ほかの連中は異変に気づいたが、関わりを避けるように背を向けた。

「細木殺しの証しはない。されど、淵に殺《や》られたとおもうておる。おぬしも疑っておるのであろう。悪いことは言わぬ。淵といっしょにおったら、早晩、破滅するぞ。細木のようになりたくなければ、淵平太夫とは手を切ることだ」

「……さ、さようなこと、あなたに言われたくはない」

忠太郎は、蚊《か》の鳴くような声を漏らす。

又兵衛は、できるだけ優しい口調で喋りかけた。

「わしが奉行所で、はぐれと呼ばれておるからか。何と呼ばれようが、十手持ちには変わりあるまい。こんなわしでもな、十手持ちとしての矜持はある」

「十手持ちとしての矜持」

「いかなるときも公正な裁きを下す。正義に殉じる気構えのことだ。よいか、憎むべきは人ではない。罪を憎むのだ。吟味方にはときとして、氷のごとき冷徹さが求められる。たとい相手が指南役であっても、罪を犯した者を許してはならぬ」

何が善で何が悪なのか、忠太郎にはわかっている。ただ、みずからに定まった指針がないだけに、どうすべきか迷い、葛藤《かっとう》を繰りかえし、底なし沼にからだの半分まで浸かっているのだろう。

ことばを尽くして説諭《せつゆ》せねばならぬ場面だと、又兵衛はおもった。

「おぬしの父上も、若い頃は吟味方で揉まれたはずだ。いいや、吟味方だけではない。人足寄場掛《にんそくよせばがかり》や町会所掛《まちかいしよがかり》、養生所見廻《ようじようしよみまわ》りや風烈廻《ふうれつまわ》り、果ては例繰方まで、ありとあらゆるお役目に就き、貴重な経験を積みかさね、ようやく年番方の筆頭与力になられたのであろう。上に立つ方々はみな、同じ道を歩んできたのだ。与力や同心のなかには大名や旗本相手に御用頼みや代々頼みをやっている者もおろうし、弱い連中から袖の下を掠《かす》めとる者もおろう。酸《す》いも甘いも嚙みわけるのが不浄役人ゆえ、ある程度は目を瞑《つぶ》らねば物事はまわらぬ。されどな、十手持ちには越えてはならぬ一線がある」

又兵衛はわざと黙り、溜《た》めをつくった。

忠太郎が、真っ赤な目で睨みつけてくる。

「それは何です。越えてはならぬ一線とは」

「仲間を裏切ることだ。たとえ嫌いな相手でも、不浄役人ならばみな、いざというときに助けあわねばならぬ。平常は啀《いが》みあっていても、許されざる悪事のまえでは一枚岩にならねばならぬ。細木正次はさぞや、無念であったろう。同じ釜《かま》の飯を食った仲間として、おぬしは細木の死から目を背《そむ》けてはならぬ。淵平太夫に少しでも疑いがあるようなら、けっして野放しにしてはならぬ」

忠太郎は黙った。蒼白《そうはく》な顔をみればわかる。やはり、淵平太夫のことを疑っているのだ。

「言いたいことは、それだけだ。たぶん、おぬしの父上も同じことを仰るはず。おのれを偽るな。命は捨てても、十手持ちの矜持は守れとな」

忠太郎は口をへの字に曲げ、泣きたいのを必死に堪《こら》えている。

又兵衛はさらに身を寄せ、ほかの連中に悟られぬように囁《ささや》いた。

「四日後の夕刻、柳橋の一兆に来い」

「えっ」

「おぬしにしか言わぬ。捕り物があるゆえ、鎖鉢巻《くさりはちまき》を締めて助っ人に来るのだ」

忠太郎に良心の欠片《かけら》が残っておれば、淵に告げ口せずに馳《は》せ参《さん》じることだろう。

告げ口をされれば好機を逃すことになろうが、それならそれでかまわぬと、又兵衛は腹を決めていた。

十二

弥生《やよい》十八日、夕刻。

又兵衛は物陰に隠れ、八重が切り盛りする『一兆』の表口を睨みつけている。大番屋から持ちかえった一重桜《ひとえざくら》の枝はなく、代わりに色の濃い八重桜《やえざくら》が豪勢に飾られていた。

「手代あがりの亭主は、女将の尻に敷かれてるらしいぜ」

かたわらから、長元坊が囁きかけてきた。

「料理の味は、てえしたことがねえそうだ。女将の色香《いろか》で客が集まってくるのさ」

今宵《こよい》の客は特別だった。多くは高価な法仙寺駕籠《ほうせんじかご》で乗りつけてくる。扮装《いでたち》も絹《きぬ》の光沢《こうたく》を放ったものばかりで、みていて飽きない。捕り方を動かせぬゆえ、客たちまで縄目にはできぬだろうが、欲深い金満家どもの顔をひとつずつ記憶に留めておこうと、又兵衛はおもった。

引導《いんどう》を渡すべき獲物は四人。永井家次席家老の戸賀崎調所と用人頭の横沢彦之丞、さらには、同家御用達の成増屋鉢右衛門、そして、吟味方与力の淵平太夫である。

すでに、戸賀崎と横沢の到着は確かめていた。成増屋が手代どもに指図を繰りだし、大量の鉢植えを運ばせたのもわかっている。もっとも難敵と目される淵だけが、まだあらわれていなかった。

一方、こちら側もふたりだけで、助っ人に誘った山田忠太郎のすがたはない。寺田宗助と配下は最初から足をはこぶ予定がなく、目玉として披露すべき揚羽蝶蘭も持ちこんではいなかった。

しばらくすると、いかにも怪《あや》しげな風体の侍が往来にひょっこりあらわれた。長元坊がさっと近づき、袖を引っぱってくる。

真島新八であった。

あらかじめ、日時と場所だけは伝えてあった。大捕り物になるかもしれぬゆえ、来ないほうがよいと言い添えておいたのだ。何しろ、役人に捕まれば首が飛ぶ身である。それでも、真島はやってきた。

「積年の恨《うら》みを晴らす千載一遇《せんざいいちぐう》の好機にござる。今宵を逃せば、武士として生きる術を失ってしまいます」

真島は興奮の面持《おもも》ちで決意を語る。

「お見事、よくぞ言った」

長元坊は喝采《かっさい》を送ったが、又兵衛は手放しでは喜べない。

悪党どもの命までは奪わず、捕縛したうえで白洲《しらす》の裁きに任せる腹積もりでいるからだ。

真島はまちがいなく、戸賀崎と横沢を成敗する気でいよう。かりに、本懐《ほんかい》を遂げたうえで悪事のすべてがあきらかになっても、加納藩の藩法に照らして、脱藩者の真島が無事で済むかどうかの保証はない。

家で待つ妻子のことをおもえば、暗い気持ちにならざるを得なかった。

「ご案じめさるな。それがしは、逃げも隠れもいたしませぬ。事を成し遂げたのち、藩のしかるべき筋へ事の一部始終を告げる覚悟にござります。どのようなご沙汰を下されようとも、ありがたく承《うけたまわ》る所存。妻も同じ気持ちゆえ、今ごろは幼い娘ともども白装束《しろしょうぞく》に着替えておりましょう」

その覚悟たるや、潔《いさぎよ》し。

又兵衛は迫《せ》りあがる感情をぐっと抑え、真島に力強くうなずいてみせた。

やがて陽が落ち、一瞬のうちに燃えあがった茶屋の周辺は、ゆっくりと薄闇に包まれていった。

「来おった」

ふいにあらわれたのは、淵平太夫にまちがいない。

頭巾で顔を隠しているものの、立ちすがたですぐにわかった。

慎重に左右をみまわし、怪しい者がいないことを確かめてから、敷居の向こうへ消えていく。

「又よ、わかっちゃいるとおもうがな、あの野郎は直心影流の遣い手だぜ。腰の刀、刃引刀《はびきとう》じゃあんめえな」

「心配するな」

腰に差した刀は和泉守兼定《いずみのかみかねさだ》、父の形見でもある銘刀《めいとう》にほかならない。打ち粉《うこ》を振り、きちんと拭いも掛けてきた。

いざとなれば、刃こぼれひとつない互《ぐ》の目乱《めみだれ》の白刃《はくじん》が、悪党どもを一刀両断にしてくれよう。

もちろん、修羅場《しゅらば》では一瞬の迷いが命取りになる。斬らずに縄を打ちたいと願っていても、そうさせてもらえるとはかぎらない。こうみえて、数々の修羅場は潜ってきた。又兵衛の力量はわかっているので、長元坊もそれ以上は何も言わない。

「新米は来ねえな。そろりと、おれたちもお邪魔しようぜ」

「待て、あれを」

表口のそばに、黒羽織《くろばおり》の人影が近づいてくる。

今度は長元坊ではなく、又兵衛が物陰を離れた。

するすると身を寄せれば、忠太郎が立っている。

「淵を尾《つ》けてきたのか」

又兵衛が問うても、返事をしない。

だが、額には鎖鉢巻を締めていた。

忠太郎なりに熟考し、決意を固めたのだろう。

「敷居をまたいだら、後戻りはできぬぞ」

「わかっております」

「よし、ならばひとつだけ守ってくれ。たったひとりで淵に刃向かうな。それだけ守ってくれれば、あとは好きなようにやっていい」

返事はない。目も合わせようとせず、忠太郎は又兵衛の背にしたがった。

そのまま、ふたりは『一兆』の敷居をまたぐ。

強面《こわもて》の用心棒がふたりおり、刀の柄《つか》に手を掛けた。

「どちらさまで」

用心棒のひとりに問われ、又兵衛は慇懃《いんぎん》に応じる。

「北品川から、揚羽蝶蘭を携えてまいった。仕切り役の成増屋に、そう伝えてもらえまいか」

しばらく待っていると、成増屋が愛想《あいそ》笑いを浮かべながらやってくる。

「平手さま、遅うございましたな。二階にお集まりのみなさまが、今か今かと待っておられますぞ」

「さようか、それはすまなんだな」

「例のものは」

「表に運ばせてある」

「されば、お持ちくだされ」

「よし、わかった」

又兵衛が表に出て合図を送ると、頬被《ほっかむ》りをした長元坊と真島がふたりで大ぶりの鉢植えを抱えてきた。

鉢植えは布ですっぽり覆《おお》ってあり、中味はわからない。

覗こうとする成増屋を、又兵衛はやんわりと拒んだ。

「楽しみはあとに取っておくがよい」

「えっ、へへ、そういたしますか」

成増屋の先導にしたがい、大階段を二階へあがる。

堂々としていれば、誰も又兵衛だとは気づくまい。

さすがに、忠太郎は渕に見咎《みとが》められると察したのか、階段をあがらずに厠のほうへ向かった。

大階段をあがりきったところへ、女将の八重が待ちかまえている。

不審げに、こちらの顔を覗きこんできた。

すかさず、成増屋が身を寄せる。

「どうした、女将。こちらは、寺田宗助さまのご用人だぞ」

「あら、それはご無礼いたしました。他人のそら似でござんすかね、以前にそっくりなお方を目にしたことがあったものですから」

「そんなことはどうでもよい。お客さまを飽きさせぬよう、酒と料理をどんどん運ばせてくれ」

「かしこまりました」

勘のよい女将は、どうにか振りきることができた。

阿漕な商人に導かれた三人は、客たちの集まる大広間へまんまと踏みこんでみせたのである。

十三

二階の造作《ぞうさく》は一風変わっており、四角い回廊のまんなかに吹きぬけの中庭を見下ろすことができた。

中庭の中央には桜の巨木が聳《そび》え、隆々《りゅうりゅう》と四方に伸びた幹には五分咲きの八重桜が咲いている。桜のほかにもさまざまな草花が植えられており、大きな朝鮮《ちょうせん》灯籠《とうろう》の脇には沈丁花《じんちょうげ》の叢《くさむら》も見受けられた。

大広間は四つあり、いずれも回廊に面している。

すべての大広間には細長い棚が一列に置かれ、高価な鉢植えが並べられていた。客たちは順に部屋をめぐり、趣向を凝《こ》らした花を愛《め》でながら、気に入った鉢植えを競《せ》りおとしていく。鉢植えには札番が付けられており、客たちは札番と自分の名と買値の書かれた木札を、上座に設《しつら》えられた箱のなかに入れていった。

八重桜の枝は回廊の端へ張りだすほど長く、客たちの目を大いに楽しませている。闇取引とは言うものの、あまりに優雅すぎて、みつかれば罰せられるという意識は薄いように感じられた。

あらかじめ客たちは、本日の目玉となる鉢植えのことを報されているようだ。

それゆえ、布に包まれた鉢植えが仰々《ぎょうぎょう》しく運びこまれると、大広間から大広間へざわめきが伝播《でんぱ》し、客たちがひとつところに集まってきた。

最前列には永井家の次席家老を筆頭に、悪党どもが雁首《がんくび》を揃《そろ》えている。

女将も顔をみせ、用心棒たちも下からあがってきた。

頬被りをした長元坊と真島が鉢植えの背後に控え、又兵衛はかたわらに立っている。対面する淵とはさほど離れていないものの、淵は目玉の鉢植えに気を取られており、こちらには気づいていない。

成増屋が咳払《せきばら》いをし、口上を述べはじめた。

「さてさて、お集まりの皆々さま、本日の目玉をお披露目申しあげる頃合いとなりました。池田さまの鉢植え名人、寺田宗助さまよりご提供いただいたお品、すでにおわかりかと存じまするが、幻の花と称される揚羽蝶蘭にござります。いかほどの値をつけていただけるのか、正直、手前にも想像ができませせぬ。されば何はともあれ、お披露目を」

成増屋の指図にしたがい、長元坊が布に手を掛ける。

布を取った瞬間が勝負と、又兵衛は心に決めていた。

ところがそこへ、ひょっこり顔を出した者があった。

忠太郎だ。

「あっ」

叫んだのは、淵である。

さっと、長元坊が布を取り去った。

固唾《かたず》を呑んで見守る客の目に映ったのは、花弁一枚付いておらぬ桜の枯《か》れ枝《えだ》にほかならない。

張りつめた沈黙を破ったのは、淵平太夫の怒声《どせい》だった。

「手入れだ、逃げろ」

忠太郎をみつけるや、それと察したのであろう。

「うわああ」

大広間は蜂《はち》の巣《す》を突《つつ》いたような騒ぎになった。

客たちは混乱をきたし、右往左往しはじめる。

鉢植えがつぎつぎに棚から落ち、無惨《むざん》にも踏まれていった。

「……な、何てこった」

成増屋は頭を抱え、こちらに文句を言おうとする。

又兵衛は一歩踏みだし、鳩尾《みぞおち》にずんと当て身を喰わせた。

白目を剝いた成増屋を跳びこえ、逃げる戸賀崎調所の背中を追う。

「うっ」

後ろからは、真島も追いすがってきた。

長元坊はひとり残り、用心棒たちの追撃を阻《はば》む。

桜の枯れ枝を鉢から引っこ抜き、頭上に軽々と掲《かか》げるや、ぶんぶん振りまわす。

用心棒のひとりが頰桁《ほおげた》を叩かれ、廊下のほうまで吹っ飛んだ。

もうひとりは白刃を振りぬき、枯れ枝をふたつに断ってみせる。

「邪魔するな」

長元坊は身を沈め、頭から突進していった。

「ぬわっ」

慌てた用心棒は、海坊主の石頭で顎を砕《くだ》かれてしまう。

渦《うず》のような混乱のなか、又兵衛に後ろの様子は把握《はあく》できない。

戸賀崎の背中に手が掛かろうとしたとき、横合いから白刃が襲いかかってきた。

「ぬえいっ」

梶派一刀流の手練、横沢彦之丞である。

どうにか避けたが、二刀目を躱す自信はない。

すると背後から、真島新八が飛びこんできた。

――きいん。

横沢の突きを弾《はじ》き、返す刀で水平斬《すいへいぎ》りを仕掛ける。

「おっと」

横沢はひらりと跳び退《の》き、右八相《みぎはっそう》に構えなおした。

「誰かとおもえば、真島新八か。死に損ないめが、何しに来おった」

「戸賀崎調所を討つ。そのために参った」

「猪口才《ちょこざい》な」

横沢は切っ先を左に倒し、ぱっと柄から右手を離す。

鋭い踏みこみから、左手一本で片手斬りを仕掛けてきた。

――ずばっ。

真島が肩を浅く斬られた。

斬られた反動を使って、独楽《こま》のように回転する。

「ぬぐっ」

横沢が血を吐いた。
深々と剔《えぐ》られた下っ腹から、臓物が飛びだしてくる。
「ひぇぇえ」
周囲の連中が、床にぶちまけられた鮮血に足を滑らせた。
戸賀崎は立ち止まって振りかえり、階段のほうへ向かう。
廊下には人が溢《あふ》れており、階段までたどりつけそうにない。
戸賀崎はあきらめ、回廊の端へ身を寄せると、八重桜の枝を摑んだ。
枝から幹へと伝い、下へ降りる気なのだろう。
「させるかっ」
真島が前歯を剝いて突きすすみ、戸賀崎の背中に迫った。
左手を伸ばし、むんずと帯を摑む。
するっと帯が解け、戸賀崎は着物の裾に足を絡めた。
「ひゃっ」
情けない悲鳴だけを残し、回廊の端から消えてしまう。
真島につづいて、又兵衛も廊下を踏みこえた。
端から首を差しだし、中庭を見下ろす。

戸賀崎は地べたで大の字になり、気を失っていた。

「ぬおっ」

真島は迷わず手すりを乗りこえた。

飛び降りたさきは、沈丁花の叢だ。

むっくり立ちあがり、戸賀崎のもとへ身を寄せる。

「斬るな、白洲で裁きを受けさせろ」

又兵衛は上から必死に叫んだ。

真島は返事もせず、白刃を大上段に掲げる。

「いやっ」

気合一声、おもいきり振りおろした。

「ひっ」

戸賀崎が目を覚まし、短い悲鳴をあげる。

白刃は耳の脇を擦《す》りぬけ、土に突き刺さった。

「よう我慢した」

又兵衛はつぶやき、上から手を振ってやる。

真島も顔をあげ、誇らしげにうなずいてみせた。

その小脇を、ひゅんと黒い影が通りぬける。
「えっ」
がくっと、真島が両膝をついた。
何者かに、脇胴を抜かれたのだ。
白刃を提《さ》げているのは、淵平太夫であった。
下からこちらを見上げ、勝ち誇ったように嗤う。
そして、朝鮮灯籠に歩みより、誰かを引きずってきた。
「……ちゅ、忠太郎」
又兵衛が回廊の端から身を乗りだす。
哀れな忠太郎は、後ろ手に縛られていた。
引きずり倒されても、抵抗すらできない。
「おい、はぐれ、糞野郎め、てめえにいってえ、何ができる」
淵は上に顔を向け、嗤いながら悪態を吐いた。
斬られた真島は倒れたまま、ぴくりとも動かない。
忠太郎の鼻先では、鋭利な白刃が鈍い光を放っていた。
朝鮮灯籠のそばには、破れかけた美濃傘が転がっている。

淡《あわ》い光に照らしだされた緋色が、あまりにも鮮やかすぎた。

十四

はらはらと、桜の花弁が散っている。

又兵衛は客を掻き分け、階段を駆けおりた。

中庭へ躍りだすと、淵が忠太郎の首に白刃を当てがっている。

「ぬふふ、小僧は死ぬ。平手又兵衛に斬られてな」

「何だと」

「おぬしは助けてやろう。この場で斬られたくなければ、観念して縄を打たれよ。逃げても無駄だぞ。鉢植えの闇取引も何もかも、おぬしがすべてやったことにする。調べるのは、吟味方のわしだ。はぐれ者の平手又兵衛が白洲で何と申し開きしようが、誰ひとりとして信じまい。山忠は可愛い我が子を失った悲しみに耐えきれず、おぬしを斬ろうとするかもしれぬ。ともあれ、わしの一存で、どうとでも筋は書き換えられる」

「くそっ、蛆虫《うじむし》め」

吐きすてたのは、忠太郎であった。

生死の瀬戸際に追いこまれ、ようやく、善悪の区別がついたのであろう。

又兵衛は表情も変えずに言った。

「淵よ、おぬしは甘い。忠太郎を斬っても、この身に縄を打てるとはかぎらぬぞ」

「ふん、わしは直心影流の免許皆伝《めんきょかいでん》だ。日がな一日小机にしがみついておる例繰方に、勝ち目なんぞあるわけがなかろう」

「その驕《おご》りが負けを呼びこむのだ。おぬしは勝てぬ。これ以上、罪を重ねるな。同心の細木正次を殺《あや》めたのも、おぬしなのであろう」

淵は首をこきっと鳴らし、真っ暗な空を見上げる。

「ひとり殺すも、ふたり殺すも同じ。何なら、おぬしにも死んでもらうか。屍骸《むくろ》になっても、罪をなすりつけることはできようからな」

「ならば、わしとさきに勝負しろ。まがりなりにも、直心影流を修めた剣士が、抵抗もできぬ新米の首を落とすのか。そいつはいただけぬ。武士の風上にも置けぬおこないだぞ」

「ふん、わしを煽《あお》ってどうする。そこまでして、小僧を助けたいのか。忠太郎は最初から、おぬしを嫌っておった。不浄役人のくせに、手柄をあげたこともない。そもそも、例繰方なんぞは役立たずの禄盗人にすぎず、奉行所の面汚《つらよご》しだと言うてな。そこまで小莫迦にされても、小僧を助けたいのか」

又兵衛は目線を離さず、落ち着き払った口調で応じた。

「おぼえておるか。十手をはじめて預かったとき、役人はかならず誓いを立てる。正義に殉じ、けっして仲間を裏切らぬとな。されど、世間の泥水に浸かるうちに、正義のせの字も浮かばぬようになる。とどのつまりは仲間を裏切り、地獄の鬼に魂《たましい》を売り渡す。魂を売り渡して生きのびたとて、いったい何が残る」

重い罪業を背負って、地獄への一本道をよたよた進むしかなかろう。

「はぐれめ、いったい、何が言いたい」

「ひとかどの剣士ならば、尋常に勝負せよと言うておるのだ。わしを斬りたければ斬ればよい。勝負の厳しさを、忠太郎にみせてやれ。さすれば、忠太郎も少しは、おぬしを見直すかもしれぬ。生きのびる機会を与えてやれば、おぬしの忠実な僕《しもべ》となるやもしれぬぞ」

「なるほど、山忠の子が僕となれば、何かと都合がよいかもしれぬ」

「そうだ。無駄に首を落とさず、悪事の片棒を担がせてやればよかろう」

喉がからからになった。おそらく、一年分は喋ったにちがいない。はなしの筋が通っているのかどうかもわからぬが、ともあれ、忠太郎を助けたい一心で喋りきった。

生かして利用する気になったのか、淵は白刃を引っこめる。

「阿呆侍の死に様を、ようくみておけ」

そう言い置き、こちらに歩みよってきた。

又兵衛も身構え、愛刀の兼定を抜きはなつ。

構えは防禦《ぼうぎょ》に優位な下段青眼《せいがん》、直心影流において立ちあいの基本となる構えにほかならない。

「ん」

即座に、剣術のおぼえがあると察したのであろう。

淵は足を止め、三白眼《さんぱくがん》に睨みつけてくる。

「少しは、おぼえがあるようだな」

「言うたであろう。おぬしは勝てぬと」

「小塚原《こづかっぱら》の犬め」

「どういう意味だ」

「人を喰った男という意味さ。ふん、何にせよ、おぬしなんぞに負けるはずがない」

　その驕りが負けを呼びこむ。

　淵は右八相に刀を掲げるや、果敢《かかん》に正面から斬りつけてきた。

「とあっ」

　泥牛鉄山《どろうしてつざん》を破るとも喩《たと》えられる直心影流の一手、八相発破《はっそうはつぱ》であろう。

　力量に差があれば、この一撃で終わっている。

　されど、勢いに乗ったはずの初太刀が、いとも容易く弾かれた。

　――きいん。

　弾いた又兵衛の境涯《きようがい》は無我無心《むがむしん》、いったん退《ひ》いて下段青眼に構えなおし、みずからに「木鶏《もつけい》たれかし」と念じてみせる。

「むう」

　驕り高ぶる淵は、安易に踏みこむ愚《ぐ》を避けた。

　一流派を極めた手練だけに、刃《やいば》を一度重ねれば相手の力量はわかる。

　死ぬ気でかからねば斃《たお》せぬ相手と、武芸者の本能が囁いているのだろう。

　一方、又兵衛の精神は、すでに相手よりも一段も二段も優位に立っていた。

　弱いとおもわせ、じつは、とんでもなく強いとなれば、相手は恐怖を抱かざるを得なくなる。死が間近に迫れば、どれだけ修行を積んだ者でも、手足の震えを止められぬはずだ。

平常心で闘えぬ者に、万にひとつも勝ち目はない。

又兵衛はじっくり気を練り、会心の一撃を繰りだす好機を待った。

脳裏に浮かんでいるのは「斬釘截鉄《ざんていせってつ》」の四文字だ。

いっさいの迷いを捨て、毅然として決断すること。

斬りつけてくる相手の動きに応じ、太刀の裏に抜けて勝ちを得る。

死を恐れては為《な》せぬ境涯ゆえ、あらゆる雑念を捨てねばならぬ。

木鶏となった者にしか為しようのない、神業《かみわざ》の動きでもあった。

「まやかしめ」

淵は疳高《かんだか》く声を張り、大上段に構えた。

狙うは真っ向からの唐竹割《からたけわ》り、村雲《むらくも》と呼ばれる秘技であろうか。

「死ねっ」

羆《ひぐま》が双手《もろて》をあげたかのごとく、真上から猛然と斬りかかってくる。

ここだ。

又兵衛は地を蹴った。

必殺の抜きつけだ。
飛蝗のごとく跳ね、兼定の先端を相手の喉に突きつける。
「うっ」
淵は仰け反り、石仏のごとく固まった。
時さえも、止まっている。
ごくりと生唾を呑んだのは、瞬《まばた》きもできぬ忠太郎であった。
兼定の先端は、淵の喉元まで一寸のところで止まっている。
又兵衛は何をおもったか、兼定をすっと引っこめた。
「成敗」
腹の底から唸《うな》り、右八相から袈裟懸《けさが》けに斬りさげる。
――ばすっ。
鈍い音とともに、淵が両膝をがくっと落とした。
一刀のもとに斬り捨てたとおもいきや、そうではない。
峰《みね》に返された兼定は、左の鎖骨《さこつ》をまっぷたつに折っていた。
それでも、刀を握った右手はまだ使えよう。
「ぬわっ」

淵は震える右手を持ちあげた。
すかさず、逆袈裟《ぎやくけさ》の一撃が落とされる。
――ばすっ。
見事な峰打ちで、又兵衛は右の鎖骨も砕いた。
もはや、切腹もできまい。
淵は地べたに顔を埋めるしかなかった。
「ふはは、やりやがった」
気づいてみれば、長元坊が手を叩いている。
死んだとおもった真島新八を介抱《かいほう》していたらしかった。
「心配《しんぺ》えすんな、命に別状はねえ」
鎖帷子《くさりかたびら》を着込んでいたおかげで、致命傷を免れたようだ。
忠太郎は泣きだした。
とめどもなく涙が溢れる理由は、自分にもわかるまい。
長元坊が歩みより、縄を解いてやった。
それでも、忠太郎は起きあがることができない。
「何をしておる。早くこっちに来い」

又兵衛は叱りつけた。

「早う、こやつに縄を打て」

忠太郎はふらつきながらも身を寄せ、気を失いかけた淵に縄を打とうとする。

だが、何度やっても上手《うま》くいかない。

「みちゃいられねえな」

長元坊が後ろから近づき、縄の掛け方を一から教えてやる。

ここぞとばかりに、又兵衛は声を張った。

「縄を打つのは、与力の役目ではない。されど、縄を打つことができねば、一人前の与力とは言えぬ。おぼえておくがよい」

「はっ」

忠太郎は素直に応じる。

よこしまな感情の失《う》せた潑剌《はつらつ》とした顔だった。

頰を撫でる風は生温《なまぬる》くとも、世間の風は冷たい。

今日の経験を生かすも殺すも、おぬし次第だぞ。

目顔で諭してやると、忠太郎はしっかり顎を引き締めた。

十五

永井家次席家老の戸賀崎調所は藩法で裁かれ、切腹の沙汰を受けたという。

成増屋鉢右衛門は斬首となり、闇取引に場所を貸した『一兆』は闕所《けっしょ》、女将の八重は亭主ともども八丈島《はちじょうじま》へ配流《はいる》の見込みとなった。

それだけではない。又兵衛によって秘かに、鉢植えに群《むら》がった金満家たちの一覧がつくられた。時は要するであろうが、闇取引に関わった者たちはみな、それなりの罪に問われるはずだ。

そして、与力の淵平太夫は内々で裁きを受けた。与力の犯した罪が露見すれば、幕府の威信にも関わってくるため、いっさいは表沙汰にされず、淵は早々に斬首される運びとなろう。

一方、真島新八は獅子身中《しししんちゅう》の虫の悪事を暴いた手柄により、加納藩永井家への復帰を打診されていた。又兵衛にとっては、何よりもそのことが嬉しかった。

真島は決断するにあたって、ひとつのけじめをつけるべく、鳥取藩池田家の御下屋敷へ足をはこび、寺田宗助に詫《わ》びを入れるという。寺田には事の顚末《てんまつ》を書状で詳細に報せておいたので、寛大な心で許してくれるにちがいないと、又兵衛は期待した。

真島が大番屋から逃れた罪については問う者もおらず、なかったことにされるはずだった。おそらく、又兵衛の手柄もなかったことにされるのであろう。事が表沙汰になれば、池田家と永井家の諍いが深刻の度を増すようになるかもしれず、町奉行所の手には負えなくなるため、永井家の重臣が鉢植えの闇取引に関わったはなしも闇に葬《ほうむ》られるにちがいない。

罪人たちはみな別の理由で裁かれ、手柄は水泡《みなわ》のごとく消えていく。

それでも、いっこうにかまわぬと、又兵衛はおもった。

所詮《しょせん》、手柄や出世とは縁の無い人生なのだ。

闇取引から十日が経ち、品川沖からは鱚《きす》や鰈《かれい》の便りが聞こえてきた。

最後の八重桜が散れば、新緑《しんりょく》の季節になろう。

「下にい、下に」

義父の主税は品川の洲崎《すさき》まで潮干《しおひ》狩《が》りにおもむき、東海道《とうかいどう》をのぼっていく大名の行列を眺《なが》めてきたらしかった。

たまには小舟を仕立て、沖釣りにでも誘ってやろうか。

それとも、本所の回向院《えこういん》へ、勧進相撲《かんじんずもう》でも見物にまいろうか。

又兵衛は栗皮色《くりかわいろ》の肩衣に平袴を着け、気も漫《そぞ》ろに弾正橋《だんじようばし》を渡った。白魚橋《しらうおばし》も渡って、三十間堀《さんじつけんぼり》沿いの道を進み、新シ橋《あたらしばし》の橋詰めで右手に曲がる。出仕の際に通る道筋はいつも決まっており、顔見知りに会わぬようにと大路を避けていた。ただし、新シ橋から数寄屋橋までは一本道ゆえ、どうしても誰かと出会《でくわ》してしまう。

案の定、尾張町《おわりちよう》と交差する大路のまんなかで、後ろから誰かに呼びとめられた。

「はぐれ、ちと待て」

小走りに近づいてきたのは、年番方筆頭与力の山忠である。

そういえば、闇取引の日以来、忠太郎のすがたを見掛けていない。

風の噂では高熱を出し、寝込んでしまったらしかった。

「忠太郎め、流行風邪《はやりかぜ》に冒《おか》されておったが、ようやく治ってな、今日から出仕じゃ」

「それは、ようござりました」

「あやつめ、何を血迷うたか、花の吟味方から例繰方へ移してほしいと両手をつきおってな」

「ほう」

「目つきがどうも、以前とはちがう。ちと、逞《たくま》しゅうなったような……おぬし、あやつに何かしてやったのか」

「いいえ、何も」

「ま、そうであろうな」

山忠はひとりで合点《がてん》する。

「されど、忠太郎を例繰方に行かせるのは、もうしばらくさきがよかろう。若いうちは外廻りがよい。吟味方がそれほど嫌なら、風烈廻りか橋廻《はしまわ》りあたりがよいかもしれぬ」

存外によいところを突いてくると、又兵衛はおもった。

山忠はそそくさと御濠《おほり》を渡り、数寄屋橋御門を潜りぬけていく。

わざとゆっくり進むと、南町奉行所の正門へたどりついたときには、後ろ姿もみえなくなっていた。

安堵の溜息を吐き、いつもどおり、右手の小門を潜りぬける。

一朶《いちだ》の雲もない晴天を仰げば、このうえなく清々しい気分になった。

小門を潜ったさきには、玄関の式台まで六尺幅の青板がまっすぐに延びている。もちろん、きちんと打ち水もなされていた。白壁で仕切られた左手には天水《てんすい》桶《おけ》がきれいな山形に積みあげられ、並んだ大小の玄蕃桶《げんばおけ》は銀砂《ぎんしゃ》で丁寧に擦ってあるせいか、料理茶屋の飾桶《かざりおけ》並みに美しい。

遥《はる》か前方には壮麗《そうれい》な檜造りの玄関がみえ、奉行所の甍《いらか》は朝陽に煌めいている。

「やはり、この瞬間が好きでたまらぬな」

青板のまんなかを闊歩しながら、又兵衛はつぶやいた。

と、そこへ、背後から跫音《あしおと》がひたひたと近づいてくる。

「ん」

振りむかずとも、跫音で正体はわかった。

鼻息も荒く近づいてくるのは、病《や》みあがりの忠太郎にちがいない。

「莫迦め」

意地でも抜かせまいと、又兵衛は足を速めた。

忠太郎も足を速め、肩衣の端が触れんばかりに近づく。

「寄るな」

又兵衛は大声で発し、小走りになった。

忠太郎も負けじと小走りになり、仕舞いには青板を蹴りつける。

「平手さま、意地でも追いつきますぞ」

「黙れ、わしを追い越そうなどと、百年早いわ」

髷を飛ばさんばかりの勢いで駆けながらも、何故か、ふたりは笑っていた。

死してなお

一

義父の主税は日々、正気かどうかの判別がつき難《がた》くなる。

長元坊に言わせれば「まだら惚《ぼ》けとはそういうもの」らしいが、八丁堀の家屋敷から霊岸島の『鶴之湯』へ向かう際はまちがいなく、零落《れいらく》する以前の誇り高き御大身《ごたいしん》の当主に戻っていた。

「ぐずぐずいたすな、履き物を持て」

又兵衛のことは草履取《ぞうりと》りにしかみえぬらしく、何だかんだと威張《いば》りちらす。見送りの亀や静香は馴《な》れてしまったのか、涼しい顔で「行ってらっしゃいませ、ごゆっくり」などと受けながす始末、理不尽《りふじん》な扱いに腹は立つものの、無理もあるまいとおもうようにしている。

何せ、三年前までは家禄《かろく》三千石の大身旗本、職禄一千石の小十人頭《こじゅうにんがしら》に就《つ》いていた。二百石取りの町奉行所与力からみれば、面と向かってはなしのできる相手ではない。ところが、配下の公金着服が発覚して連座《れんざ》の責を負わされ、地位も財産もすべてを失ったのだ。同情を抱かぬほうがおかしかろう。

ただし、御大身だっただけに、胸に携《たずさ》えた誇りも半端ではない。

「わしは都築《つづき》主税である。下郎《げろう》め、頭《ず》が高い」

などと胸を張られたら、へへえと平伏《ひれふ》すしかなかった。

怒りっぽいほうではないので、ある程度は我慢できるのだが、あまりに傲慢《ごうまん》すぎると道端に捨てていきたくなる。

亀島川《かめじまがわ》に架かる木橋を渡る手前で、かならず、主税は後ろを振りかえった。

「おい、何処《どこ》へまいる、御城は後ろぞ」

又兵衛はにこりともせず、さきに立って木橋を渡りはじめた。

「出仕《しゅっし》ではありませぬ。鶴之湯へまいります、朝湯にござりますぞ」

主税はきょとんとしながらも、朝湯の快適さはおぼえているのか、浮き浮きしながら従《つ》いてくる。

八丁堀にも湯屋《ゆや》は何軒もあるが、知りあいに会いたくないので、独り身の頃からわざわざ霊岸島まで通っていた。早朝の一番風呂は町奉行所与力の特権、誰もいない湯船に浸《つ》かる悦楽《えつらく》は得難いものだ。

唐破風《からはふ》の入口から暖簾《のれん》を振りわけ、履き物を脱いであがれば、主人の庄介《しようすけ》が番台から声を掛けてくる。

「旦那、おはようさんで。今日からは卯月《うづき》、お召しものから綿《わた》を抜かにゃなりやせん」

「ああ、そうだな」

「お義父上《ちちうえ》もお元気そうで何より。さあ、ずずいと板の間へお進みくだされ」

「大袈裟《おおげさ》なやつだな、大向こうの客でもあるまいに」

笑ってこたえると、後ろの主税が急に声を荒らげる。

「これ、おぬし、頭が高いぞ」

たしかに、番台から見下ろされると、自分が矮小《わいしよう》におもえてくる。

庄介は横を向いて舌打ちし、ひとことも喋《しやべ》りかけてこなくなった。

又兵衛はいつもどおり、刀掛けに大小を掛け、板の間で裸になる。

主税も素早く着物を脱ぎ、そそくさと洗い場の片隅へ向かった。

定まった場所に座り、焦《じ》れたように又兵衛を待つのだ。

「早うせい」

催促《さいそく》されて肩に湯を掛けてやり、背中の垢《あか》を掻《か》きはじめる。

猿の親子の蚤取《のみと》りと何ら変わらない。

主税の皺顔《しわがお》をみれば、極楽気分でいることはわかった。

垢掻きが終わると、前屈《まえかが》みになって石榴口《ざくろぐち》を通りぬける。

乳色の湯気を掻き分け、湯船の縁《ふち》までたどりつき、湯加減を確かめた。

かなり熱い。

まずは爪先を入れ、脚、腰、胸と徐々に沈んでいく。

首まで浸かると、からだじゅうがじんじん痺《しび》れてきた。

「くふう、たまらぬ」

声をあげたのは、さきに浸かった主税のほうだ。

「又兵衛よ、極楽じゃのう」

「はあ」

「さすが、信玄入道《しんげんにゅうどう》の隠し湯じゃ。これならば、戦《いく》さ場《ば》で受けた金瘡《きんそう》も癒《い》える
というもの」

「もしや、義父上は戦さ場に征《ゆ》かれたのですか」

「川中島《かわなかじま》じゃ、何を惚《ほう》けておる。大将首をあげたではないか」

「それは、昨晩の悪夢にござりましょうか」

「わからぬやつじゃな。大手柄をあげ、信玄公から褒美《ほうび》の刀を頂戴《ちょうだい》したであろう」

もしかしたら、武田《たけだ》家に縁があるというご先祖のはなしをしているのかもしれない。

「刀は保昌《ほうしょう》貞継《さだつぐ》じゃ、そちにもみせたであろう。美しい柾目《まさめ》の地肌に、うっとりしておったではないか」

主税がそれだけは売らずに抱えてきた刀は、先祖伝来の銘刀《めいとう》と言うだけあって、拵《こしら》えも本身《ほんみ》もなかなかのものだった。長い太刀《たち》を擦《す》りあげにした代物《しろもの》ゆえ、茎《なかご》の銘は失われていたものの、鎌倉《かまくら》末期に大和国《やまとのくに》で活躍した名匠の手による一振りと説《と》かれれば、そうかもしれぬと納得できた。

「又兵衛よ、どうじゃ、こたびの戦さ、東軍と西軍のどちらが勝つとおもう」

「川中島の合戦にござりますか」

「莫迦《ばか》たれ、天下分け目の関ケ原《せきがはら》じゃ。どちらに助太刀《すけだち》いたすか、正直、考えあぐねておってな」

「それは意外にござる。徳川家の家臣なれば、東軍に決まっておりましょう」

「わしは徳川家の阿呆《あほう》どもに裏切られた。芥《あくた》のごとく、ぽいと捨てられたのじゃ。それでも、忠義を尽くせと申すか」

混乱しているが、やはり、改易《かいえき》になったことを恨《うら》みにおもっているようだ。

慰《なぐさ》めてやらねばと顔を向ければ、主税は湯船にぶくぶくと沈んでいった。

「義父上」

すかさず身を寄せ、髷《まげ》を摑《つか》んで引きあげる。

主税は茹《ゆ》であがった蛸《たこ》と化していたが、気を失う寸前でどうにか踏みとどまった。

「そろりと出ましょう」

腕を取って湯船からあがらせ、首根っこを押さえて石榴口も潜《くぐ》らせる。

洗い場へ抜けだすや、主税はつるっと転んで尻をつき、端のほうまで滑っていった。

「ひゃはは、楽しいな」

喜んでもらえればそれでよい。

ほっとして板の間へ戻ってくると、今度は褌《ふんどし》を締める暇《いとま》もなく騒ぎだす。

「ない、ないぞ、又兵衛、保昌貞継を何処へやった」

湯屋に宝刀を携えてくる阿呆はいない。

主税はしかし、騒ぎだしたら止まらなくなる。

仕舞《しま》いには番台を指差し、庄介に食ってかかった。

「下郎め、盗みおったな。このわしを落武者《おちむしや》とおもうたか」

「あっしは湯屋の番台、落武者狩りの山賊じゃござんせんよ」

よくあることなので、庄介は笑って相手にしない。

又兵衛はどうにか宥《なだ》め賺《すか》し、表情も変えずに『鶴之湯』をあとにした。

主税は騒いでいたことも忘れ、涼風《りようふう》に吹かれながら小唄を口ずさむ。

「気楽なものだな」

何事も深刻に考えず、こんなものだと達観できれば、それに越したことはない。

ずいぶん長いあいだ、主税といっしょに湯屋通いをつづけているような気もするが、ひとつ屋根の下にみなで暮らしはじめたのは去年の夏至《げし》の頃、まだ一年も経《た》っていなかった。それまでの独り暮らしが、嘘《うそ》のようにも感じられる。

剣術師匠の小見川一心斎が強引にはなしをすすめ、静香を引きあわせたのだ。

一心斎は「静香はあの若さで、数々の辛酸《しんさん》を嘗《な》めてきた」と、芝居がかった調子で涙ぐんだ。聞けば、弟に家督《かとく》を継《つ》がせるべく十九で同格の旗本に嫁入りしたものの、姑《しゅうとめ》にいびられて三年後に実家へ出戻ったという。そして、家が改易となったのちは長屋暮らしを余儀なくされ、弟が流行病《はやりやまい》で亡くなってからは、料理茶屋の賄《まかな》いなどをやりながら暮らしを支えた。

一心斎は偶《たま》さか料理茶屋で静香と知りあい、風采《ふうさい》のあがらぬ弟子の世話をさせようとおもいたったのだ。狸爺《たぬきじじい》から「武家の嗜《たしな》みを備えた娘であるうえに、世の苦労を知りつくしておる。さように貴重なおなごは、広いお江戸を見渡してもそうはおらぬぞ」と説得され、そんなものかとおもった。

ところが、引っ越しを受けいれた当日、八丁堀の屋敷へやってきたのは静香だけではなかった。死んだとおもいこんでいた双親《ふたおや》が、もれなく従いてきたのである。

居合わせた長元坊は腹を抱えて笑った。三人まとめて面倒をみてやろうと格好つけたものの、それでよかったのかどうかは今もわからない。ただ、日々の暮らしに退屈せぬようになったことだけはたしかだ。

屋敷に戻ってみると、亀と静香が表口の上《あ》がり端《ばな》で出迎えてくれた。

「お帰りなされまし」

味噌汁《みそしる》の匂いが、廊下の向こうから漂ってくる。

「初物の筍《たけのこ》を煮ました。若竹煮《わかたけに》にございます」

筍の刺身と付け焼き、さらには、炊《た》き込みご飯まであるという。

ぎゅるるっと、主税は腹の虫を鳴らしてみせた。

「ふはは、義父上、筍尽くしにございますぞ」

興奮しながら叫んでいる自分が、又兵衛は不思議でたまらない。

独り身のときは味わうべくもなかった日常の断片が、愛《いと》おしいものに感じられてならなかった。

二

先祖伝来の宝刀は、主税の手許《てもと》から無くなっていた。

それは二日後の夕暮れ、質屋の大戸屋七右衛門《おおどやしちえもん》が屋敷を訪ねてきたことでわかった。

七右衛門は京橋弓町《きようばしゆみちよう》にあるもぐりの脇質《わきだち》だ。質流れはひと月と短く、ご禁制の金《きん》を鍍金《めつき》と偽《いつわ》って売ったり、故買品《こばいひん》の売買もする。小悪党にはちがいないが、江戸の裏事情に精通《せいつう》しており、廻《まわ》り方《かた》の同心たちから重宝がられていた。

「ごめんなすって、平手さま、ちょいと厄介《やっかい》なおはなしが」

七右衛門は三和土《たたき》に踏みこむなり、長い顔をしかめてみせた。

「こちらのご隠居さまがお持ちのご宝刀、保昌貞継にございますが、とんでもないところでみつかりました」

昨夜遅く、蔵前《くらまえ》の鳥越川《とりごえがわ》沿いで殺しがあった。置き捨てられた屍骸《むくろ》のそばでみつかったのが、主税の持ち物とおもわれる保昌貞継であったという。

「斬られたのは枡屋幸兵衛《ますやこうべえ》、仏の幸兵衛と綽名《あだな》される札差《ふださし》でござります」

誰に斬られたかはわかっていない。怨恨《えんこん》なのか、物盗《ものと》りなのか、はたまた辻斬《つじぎ》りなのか、廻り方の連中が総出で嗅《か》ぎまわっているというのだが、日がな一日例繰方の御用部屋で過ごした又兵衛の耳に殺しのはなしは届いていなかった。

「仏の幸兵衛を斬った刀にまちがいないそうですよ」

「それが保昌貞継だと、どうしておぬしに見分けがついたのだ」

「定町廻《じょうまちまわ》りの桑山大悟《くわやまだいご》さまがおみえになりましてね、刀の持ち主を知らぬかとお尋ねになりました。刀の特徴がわかる絵を拝見すると、棟区《むねまち》寄りに小さな刃こぼれが一箇所、これはご隠居さまの貞継にちがいないと、すぐさま合点《がてん》した次第で」

又兵衛が「でえご」と呼ぶ桑山大悟は、何かあれば御用聞きのように使える唯一の定町廻りだった。

「桑山さまには、余計なことはいっさい喋っておりません」

と、七右衛門は胸を張る。

又兵衛は首をかしげた。

「ひょっとして、義父上は小金欲しさに、おぬしのもとへ貞継を持ちこんだのではあるまいな」

「いいえ、質草《しちぐさ》になさる気はないと仰《おつしや》いました。ただ、ご自慢なされたかったのでしょう。何でも、ご先祖が川中島の合戦で武功を立て、武田信玄公から下賜《かし》されたお刀だとか。それがまことなら、値打ちもぐんとあがります」

主税が湯屋で語ったのと同じ来歴を聞かされたら、目利《めき》きの七右衛門を信用しないわけにはいかない。

それでも、又兵衛は未練がましく確かめた。

「その刀、まことに貞継だったのか」

「じつを申せば、桑山さまにお願いして蔵前の番屋《ばんや》へおもむき、物打《ものう》ちに血曇りの残る刀を鑑定させていただきました。反《そ》りは浅く、身幅は均一で広く、地肌の柾目はうっとりするほど美しかった。二尺二寸に擦りあげがなされ、茎の銘は失われておりましたが、あれはまさしく、ご隠居さまにみせていただいた貞継にございます」

短刀はいくつか出まわっているが、太刀はまことにめずらしく、正真正銘の貞継を所有しているのは、七右衛門の知るかぎり、主税のほかには紀州侯《きしゅうこう》しかいないという。

紀州家秘蔵の刀に匹敵《ひってき》するほどの銘刀と聞けば、膝《ひざ》を乗りださぬわけにはいかない。

売れば三百両はくだるまいと聞き、又兵衛は動揺を隠すのに苦労した。

「まことに、義父上の刀なのか」

「まちがいござりませぬ」

「何故《なぜ》、わざわざ教えてくれたのだ」

「平手さまには、鉄炮洲《てっぽうず》の地廻《じまわ》りを懲《こ》らしめていただいた借りがござります。貞継の持ち主が割りだされるまえにお伝えし、借りを返すことができればと、さようにおもいまして」

困った。持ち主が判明すれば、主税が厄介事に巻きこまれぬともかぎらない。

下手《へた》をすれば殺しの疑いを掛けられるかもしれず、取り返しがつかなくなるまえに、貞継が無くなった経緯を調べ、誰が貞継を使って人を斬ったのか、一刻も早く突きとめねばならぬ。

「仏の幸兵衛とは、どういう男だ」

「くふふ、めずらしく焦《あせ》っておられますな」

又兵衛の反応を楽しむかのように、七右衛門は薄気味悪く笑ってみせる。

「猿屋町会所《さるやちょうかいしょ》の顔役という以外、詳しくは存じあげませぬ……それでは、手前はこれにて。無事にお刀が戻ることを、陰ながら祈っております。ご隠居さまにも、かようにお伝えいただければと」

なるほど、殺しの真相を突きとめるだけでなく、刀まで取りもどさねばならぬということか。

益々《ますます》、困った。

又兵衛は深々と溜息《ためいき》を吐《つ》き、質屋の後ろ姿を恨めしげに見送った。

奥に戻って、さっそく主税のもとへ向かう。

中庭のみえる縁側が好きなので、そちらへ行ってみると、主税は何処かでみたことのある三毛猫《みけねこ》を膝に抱いていた。

「義父上、その猫はどうされたのですか」

「海坊主のところにおったゆえ、温石《おんじやく》代わりに連れてまいった」

「やはり、長助ですな」

「こやつ、長助と申すのか。ふざけた名じゃ」

長元坊の本名だと教えても、詮無《せんな》いはなしだ。

「冬でもあるまいに、猫の手を借りるほどの寒さでもありますまい」

「楽しいぞ。喉《のど》を撫《な》でると、ごろごろ鳴らしよる」

又兵衛は身を寄せ、かたわらにかしこまった。

「それはそうと、保昌貞継はどうされましたか」

「貞継ならば、くれてやったわ」

あっさり応じられたので、又兵衛はたじろいだ。

「どなたに、くれてやったのですか」

「相馬斧次郎《そうまおのじろう》じゃ」

「そのお方、お知りあいでしょうか」

「おぬし、相馬を知らぬのか。わしの配下ではないか」

「配下というのは、小十人頭であられた頃の」

「そうに決まっておろう。三年前にわしが改易となった折、相馬も煽《あお》りを食って野《や》に下ったのじゃ。月代《さかやき》も髭《ひげ》も伸び放題でのう、困っておるに相違《そうい》ないと察し、貞継を授《さず》けたのじゃ。質草にすればよかろうと言うてな」

「まことにござりますか」

「嘘を吐《つ》いてどうなる。相馬はな、涙を流しておったぞ。かようにたいせつな刀は頂戴できぬ、お気持ちだけで充分だと申してな。されど、わしは笑ってこたえた。先祖伝来の宝刀なんぞ、よぼの爺が後生《ごしょう》大事に抱えておっても意味はない。誰かの役に立つことができて、ご先祖も喜んでおられようとな」

はなしを聞いているかぎり、どうやら正気のようだ。

満足げな横顔を眺《なが》めれば、人斬りの道具に使われたかもしれぬなどと伝えられるわけがなかった。

「相馬はな、小頭《こがしら》として誰よりも尽くしてくれた。三年前のことがなければ、順当に出世を遂《と》げておったものを。病がちの母上を喜ばせてやることもできたであろうに、返す返すも申し訳ないことをした」

「相馬さまとは、何処で再会されたのですか」

「蔵前の八幡《はちまん》さまへ詣《もう》でたときじゃった。拝殿《はいでん》で拝《おが》んでおると、相馬に声を掛けられたのじゃ」

「いつのはなしです」

「ひと月ほどまえか」

「そのときに刀を」

「ふむ、寺社へ詣《まい》る際は、かならず貞継を差すことにしておったからな」

「それにしても、よりによって保昌貞継をお授けになるとは」

「相馬は疋田《ひきた》陰流《かげりゅう》を修《おさ》めておった。ひとかどの剣士ゆえか、わしの配下であった頃、都築家に代々伝わる宝刀をみせてほしいと申してな、願いをかなえてやったことがあったのじゃ。何やら縁を感じてな、あやつなら貞継をくれてやってもよいとおもうたのかもしれぬ」

後悔はないと言われても、放っておくわけにはいかない。

が、ひと月もまえとなると、足取りをたどるのは難しそうだ。

相馬斧次郎の居所は聞いたかもしれぬが、おぼえておらぬという。

それでも、とりあえずは蔵前八幡《くらまえはちまん》へ行ってみようと、又兵衛はおもった。

桑山大悟はずぼらな同心だが、根は悪い男ではない。手柄を譲ってやったことがあるせいか、又兵衛の指図には素直にしたがう。それゆえ、札差殺しの探索についても包み隠さずに教えてくれた。

三

「あそこですな」

桑山は手にした提灯《ちょうちん》を掲《かか》げ、堀川沿いの道端を照らす。

陽は落ちてあたりは暗くなり、行《ゆ》き交《か》う人影も少ない。

桑山に案内させたのは、枡屋幸兵衛が斬られた場所だった。

「右が稲荷橋《いなりばし》、左が甚内橋《じんないばし》、どちらかというと、甚内橋寄りですな」

幕初の頃、御米蔵《おこめぐら》が大川《おおかわ》に向けて櫛《くし》の歯《は》状に並ぶ埠頭《ふとう》内に築かれると、鳥越川は御米蔵の南端と三味線堀《しゃみせんぼり》を結ぶ堀割となった。堀割の東端には二本並んだ鳥越橋、そこから堀川沿いに西へ進めば稲荷橋と甚内橋が架かっている。枡屋が顔役だった猿屋町会所は稲荷橋の南詰めにあった。

「妙だな。枡屋の店は蔵前八幡脇の元旅籠町《もとはたごちょう》にある。猿屋町会所も枡屋の店も逆の方角だ」

「どこが妙なのですか」

「会所でも店でもなく、枡屋はいったい何処へ向かっていたのか」

「それなら、手代に聞きましたよ。三味線堀にある御大身に呼びだされたそうです」

「真夜中にか」

「ええ」

「怪《あや》しいではないか。御大身とは、どなただ」

「勘定吟味役《かんじようぎんみやく》の糸山右京《いとやまうきよう》さまだそうです」

大物の名が出たので、又兵衛は眉《まゆ》をひそめた。

「糸山さまは、猿屋町会所の御目付役でもあられます。それゆえ、会所の肝煎《きもい》りをつとめていた枡屋は、夜中でも頻繁《ひんぱん》に呼びつけられていたそうですよ」

桑山が何食わぬ顔で言うとおり、枡屋幸兵衛は勘定吟味役の屋敷から帰宅する途中で斬られたのだ。

「提灯持ちの手代は、下手人《げしゆにん》の顔をみておらぬと申したな」

「夜目なうえに、頭巾《ずきん》をかぶっていたそうで。腰を抜かした手代は、這《は》って逃げるのが精一杯だったとか」

「わからぬのは、何故、頭巾侍が刀を捨てたかだ」

「ああ、なるほど」

「おぬし、おかしいとおもわなんだのか」

「まったくもって」

「どうして、そう言いきれる」

「突如《とつじょ》、子ノ刻《ねのこく》(午前零時頃)を報《しら》せる鐘《かね》が鳴ったそうです。たぶん、吃驚《びっくり》して刀を捨てたのではないかと、手代は申しておりました」

「でえごよ、そんなはなしを信じるのか」

「いけませぬか」

口をぽかんと開けた顔が鯰《なまず》に似ている。

又兵衛は追及するのをあきらめた。

猿屋町会所は寛政《かんせい》元(一七八九)年、棄捐令《きえんれい》によって窮地《きゅうち》に陥《おちい》った札差を助けるべく、松平定信《まつだいらさだのぶ》の呼びかけで設立した。江戸の豪商たちから三万三千両を出資させ、それを元手に札差が旗本や御家人にたいして低利で金を貸す。この仕組みが三十年ほどのあいだに根付き、札差は息を吹き返したのである。

会所は勘定奉行所《かんじょうぶぎょうしょ》の支配だが、金銭の貸し借りがおこなわれるところは不正の温床《おんしょう》になりやすいため、町奉行所からも監視役の役人が派遣されていた。

「会所の肝煎りが斬られたとなれば、一大事であろう」

「まあ、そうでしょうな」

「何だ、その物言いは」

「正直、殺しの調べは気が重うございます」

要するに、鯰はやる気が無いのだ。

ふたりは肩を並べ、堀川沿いの道を戻った。

鳥越橋を渡り、薄暗い蔵前大路を北へ進む。

御蔵《おくら》を過ぎると、左手に蔵前八幡の鳥居がみえてきた。

社《やしろ》は元禄《げんろく》年間、綱吉《つなよし》公によって創建《そうけん》された。山城国《やましろのくに》の男山八幡宮《おとこやまはちまんぐう》が勧請《かんじょう》され、二百石の朱印地《しゅいんち》を賜《たまわ》ることになったという。

主税がわざわざ参拝《さんぱい》に訪れた理由は、娘の静香から聞いていた。若い頃に偶《たま》さか立ち寄り、賽銭《さいせん》を投じたところ、出世の手蔓《てづる》を摑むことができた。爾来《じらい》、事に寄せては参詣《さんけい》するようになったらしい。

鳥居を抜けたさきには、一千坪を超える境内《けいだい》がひろがっている。

拝殿まで一直線に延びる参道《さんどう》の左右には、石灯籠《いしどうろう》が点々と連《つら》なっていた。

空には月も星もみえず、境内は漆黒《しっこく》の闇に包まれている。参道の一部を照らす淡《あわ》い光だけが揺れてみえ、誘いこまれたら抜けだせぬ異界のおもむきすら感じられた。

「平手さま、戻りましょう」

恐がる桑山を置き去りにし、又兵衛はどんどん参道を進んでいく。

清和源氏《せいわげんじ》とも縁が深いことから、多くの剣客は八幡社を信奉《しんぽう》している。そうだとしても、何故、相馬斧次郎なる主税の元配下は蔵前八幡に詣でていたのだろうか。たった一度詣でた際に、主税を見掛けたのではあるまい。毎日のように通っていたからこそ、再会することができたのだろう。となれば、この近くに住まいがあるか、仕事先がある公算は大きい。

今しも動きだしそうな狛犬《こまいぬ》を見上げ、又兵衛は拝殿のほうへ歩みよる。

手を合わせて祈っていると、桑山が背中にぴったりくっついてきた。

「平手さま、化け物が出そうですな」

「ちと離れろ。十手持ちが化け物を恐れてどうする。それより、刀のほうの調べはどうなっておるのだ」

「保昌貞継を扱った質屋はみつかりましたよ」

「何だと、それを早く言え」

怒った顔が鬼にみえたのか、桑山は身を縮めてしまう。

刀を扱った質屋は芝神明町《しばしんめいちよう》の仙寿屋《せんじゆや》利介《りすけ》といい、大戸屋七右衛門と同様に故買品も扱う脇質だという。

「とある浪人から貞継を質草として預かっていたそうですが、ひと月経ったので売りに出そうとしたところ、その浪人が買い戻しにあらわれたとか」

「浪人の名は」

「さあ、そこまでは」

「下手人かもしれぬのだぞ」

「まあ、そうなりますな」

「貞継は今、何処にある」

「今朝ほどまでは猿屋町の番屋に置いてありましたが、徒目付《かちめつけ》のどなたかが持っていかれました」

「この一件、目付筋も調べておるのか」

「むしろ、そちらのほうが主で、不浄《ふじよう》役人どもは邪魔をするなと言われております」

そこまで莫迦にされても、桑山はたいして口惜《くちお》しくもなさそうだった。

「刀を持っていった徒目付の名は」

「はて、伺《うかが》っておりませぬが」

桑山はまったく頼りにならぬので、明日にでも芝の仙寿屋を当たってみようと、又兵衛はおもった。

枡屋殺しは物盗りや辻斬りの仕業《しわざ》ではあるまいと、直感が囁《ささや》いている。

もちろん、一介の例繰方が目付筋の関わる一件に首を突っこむことは許されない。しかし、このままでは主税に難が降りかかるかもしれず、やはり、自分の力で真相をあきらかにするしかなさそうだった。

「困ったな」

頰《ほお》を撫でる風は、ひんやりとしている。

狛犬に睨《にら》まれたような気がして、又兵衛はぶるっと肩を震わせた。

四

翌夕、又兵衛は桑山大悟に案内させ、芝神明町の質屋へやってきた。

仙寿屋利介はおもっていたとおり、鼬《いたち》に似た抜け目のなさそうな男だ。

「昨日も別の旦那に申しあげましたけど、一昨日《おととい》の暮れ六《む》つ頃（午後六時頃）、相馬斧次郎と仰るご浪人がみえ、保昌貞継を買い戻していかれましたよ」

相馬斧次郎の名が出たので、又兵衛は身を乗りだす。

「貞継を買い戻していったと申したな」

「ええ、ひと月前にお刀を質草で預かりましてね、期限ぎりぎりに買い戻されたというわけで。お貸しした二十両は利息付きできっちりお返しいただきました」

「貸した金は二十両だったのか」

「あの刀にはそれだけの価値はございました。もっとお貸ししてもよかったのですが、二十両でいいと仰ったので」

相馬は主税から譲り受けた貞継を質草にして仙寿屋から二十両借り、ひと月後に利息をつけて返した。そして、刀を買い戻したその足で、蔵前の猿屋町へ向かったのだろうか。

「辻褄《つじつま》は合うと仰ってましたよ」

「廻り方がか」

「いいえ、徒目付の旦那が仰いました」

「徒目付もここへまいったのか」

う。

「ええ、南原勝之進《なんばらかつのしん》さまと仰る旦那です」

はじめて聞く名だ。御城勤めの連中と交流はないので、知らなくとも当然だろう。

それにしても、貞継を扱った質屋がずいぶん早くみつかったものだ。

「手前から申し出ました」

町奉行所から江戸じゅうの質屋へ、保昌貞継を扱った者は即刻申し出るようにとのお達しがあったという。

「札差殺しに関わる調べとございましたので、貞継が殺しに使われたにちがいないとおもいました」

仙寿屋は急ぎ近くの番屋へ届け出たという。

「少しでも遅れたら、あとで廻り方の旦那方からこっぴどく叱《しか》られます。商売ができなくなる恐れもありますから」

十手持ちと質屋は持ちつ持たれつ、常日頃の腐れ縁が功《こう》を奏《そう》したかたちだった。南原なる徒目付の発した「辻褄は合う」という台詞《せりふ》を聞き、仙寿屋も当然のごとく相馬斧次郎が札差殺しに関わっていると察したはずだ。

又兵衛は相馬の居場所を尋ねた。

「伺ってはおりませぬが」

「何だと。質草を預かった者の名と所在はかならず聞くようにと、廻り方から命じられておろう」

「手前どもの商売には、よくあることにございます」

脇質には盗品を売りにくることこそ泥もおり、そうした連中はかならず偽名を使う。定まった塒《ねぐら》がない者も多く、もぐりの脇質は名は聞いても、いちいち所在を質《ただ》すようなことはしない。

そんなことも知らぬのかと、かたわらの桑山までが小莫迦にした顔をする。

廻り方には常識でも、内勤の又兵衛には知らぬことばかりだ。

「それにしても、与力の旦那まで足をおはこびになるとは、よっぽどたいへんな殺しなのですね」

仙寿屋は探るような眼差しをする。

又兵衛は名乗らず、与力と言っただけで役名までは明かしていない。こちらを警戒して、何か隠していることもあるのだろう。たった一度訪ねただけで、海千山千の脇質から本音を引きだすことは難しい。

後ろ髪を引かれるおもいを抱きつつ、仙寿屋をあとにした。

すでに日は暮れ、腹に何か入れたくなる。

ちょうどそこへ、湯気に包まれた流しの屋台がやってきた。

「蕎麦屋《そばや》だな」

増上寺《ぞうじょうじ》の門前大路と東海道が交差するあたりだ。

自然と、そちらへ足が向かう。

「平手さま、ご馳走《ちそう》さまにござります」

桑山は悪びれた様子もみせずに言った。

暖簾を振りわけ、親爺《おやじ》に十六文の掛けを二杯注文する。

すかさず、桑山は「月見にしてくれ」と、三十二文の月見蕎麦に変えた。

ついでに熱燗《あつかん》も注文し、蕎麦ができるまでに一合ほど空けてみせる。

やれやれとおもいつつも、又兵衛は生卵を潰さぬように蕎麦を啜《すす》りはじめた。

「ところで、何故《なにゆえ》、平手さまは札差殺しをお調べになるのですか」

桑山がぺろりと蕎麦を平《たい》らげ、至極《しごく》当然な問いを投げかけてくる。

「さるやんごとなきお方からの密命でな」

と、又兵衛は真剣な顔で嘘を吐いた。

「……み、密命にござりますか」

桑山がわかりやすく狼狽《うろた》えたので、又兵衛は調子に乗った。

「ああ、そうだ。保昌貞継は、そのお方のお刀であった。ひと月ほどまえ、何者かに盗まれたのだ。盗まれたお刀がまわりまわって札差殺しに使われたとすれば、指を咥《くわ》えて眺めておるわけにもいくまい」

「なるほど、お刀を穢《けが》した者を捕まえて罰さねばなりませぬな」

「わかっておるではないか。されどな、それだけではないぞ。是が非でも、お刀を取りもどさねばならぬ。さもなければ、やんごとなきお方が厄介事に巻きこまれぬともかぎらぬからな」

「お刀を盗まれたことがおおやけになれば、やんごとなきお方は面目《めんぼく》を失うことになりましょう」

「そういうことだ。おおっぴらに探索できぬゆえ、例繰方のわしが秘《ひそ》かに動いておる。でえごよ、おぬしだけが頼りなのだ。これからもわしの手足となって、隠《おん》密裡《みつり》に動いてくれぬか」

又兵衛が頭をさげると、鈍《にぶ》い桑山もさすがに恐縮してみせる。

「平手さま、さようなことはお止めくだされ」

「いいや、さげた以上は簡単にはあげられぬ。何せ、生まれてはじめて、目下の者に頭をさげたのだからな」
「まことにござりますか」
「そうだ。おそらく、これが誠心誠意ということなのであろう。頭をさげてみて
はじめて、おぬしの高い力量がわかったような気もする」
自分でも何を言っているのかよくわからない。
「お願いします、頭をおあげください」
懇願《こんがん》する間抜け同心は、涙ぐんでしまった。
又兵衛は頭をあげ、くいっと顎《あご》を突きだす。
「されば、南原なる徒目付が誰の指図で動いておるのか調べてくれ。それから、
殺された枡屋幸兵衛を恨んでいた者がなかったのかどうか、あるいは、枡屋と勘
定吟味役の繋《つな》がりがどの程度のものだったのかもな。ただし、誰にも言うなよ。
くれぐれも、隠密裡に動かねばなるまいぞ」
「かしこまりました。平手さま、すべて桑山大悟にお任せあれ」
頼りにならぬ男だが、少しは役に立ってくれることを期待した。
主税に関わる厄介事だけに、平常心でいられなかったのかもしれない。
だが、この日から三日経っても、桑山からは連絡ひとつなく、何処で何をして

いるのかもわからなくなってしまった。

五

四日後、卯月八日は灌仏会《かんぶつえ》、寺の御堂《みどう》は季節の花々で豪華に飾りつけられ、八丁堀の露地裏《ろじうら》にも門付《かどづけ》を生業《なりわい》とする物乞《ものご》いが卯《う》の花で飾った小さな釈迦像《しやかぞう》を売りにくる。

「とうきたり、とうきたり、お釈迦はいらんか」

家々では門口に挟んでおいた柊《ひいらぎ》と鰯《いわし》の頭を捨て、卯の花を代わりに挿《さ》した。卯の花はお釈迦様の花だが、雪隠《せっちん》などの虫除《むしよ》けにはペンペン草を吊るしておく。あるいは、虫の字を三つ並べた御札を逆さに貼ったり、疫病除《えきびようよ》けの角大師《つのだいし》や雷除《かみなりよ》けの御札などを貼ったりする。灌仏会は初夏の到来を肌で感じる日でもあった。

「耳に沓口《くつ》には烏帽子《えぼし》目に甘茶《あまちや》」

主税は縁側でくつろぎながら、自慢げに流行《はや》りの川柳《せんりゆう》を口ずさむ。

沓はほととぎす、烏帽子は鰹《かつお》。いずれも初夏につきものの風物だが、甘茶は弱った目に掛けるとよいとされていた。

かたわらに置かれた乳鉢《にゆうばち》には、近くの寺で貰《もら》ってきた甘茶が注がれている。

主税は甘茶に布を浸《ひた》し、その布で左右の瞼《まぶた》を何度も擦《こす》った。

「年じゃな、近くのものがようみえぬようになった。耳もそうじゃ、ずいぶん遠くなった。されど、頭のほうはやけに冴《さ》えておる。貞継を譲った相馬斧次郎のはなしじゃ。じつは、おもいだしたことがあってな」

どうして相馬に宝刀を譲る気になったのか、主税はその理由を滔々《とうとう》と語りはじめた。

「あやつ、品川の女郎に惚《ほ》れおったのじゃ。どうしても身請《みう》けして所帯を持ちたいのだが、二十両もの大金が要ると申す。だったら、貞継を金に換えたらいいと、わしはおもった」

岡場所の女郎を身請けしたいと告白され、先祖伝来の宝刀を譲ったというのか。少しばかり腹が立ってくる。

「相馬の顔には痘痕《あばた》があってな、わしは好きな顔じゃが、熊にも似ておる。痘痕を幼《おさな》い頃から気にしておったらしゅうてな、なかなか良縁にめぐりあえなんだ。父はすでに亡く、老《お》いた母は病がちであった。早く所帯を持って母を安心させたいと、あやつは口癖のように言うておった。ところが、わしのせいもあって御役御免となり、伴侶《はんりょ》となる相手をみつける機会を失った」

野に下って一年後、母親は身罷《みまか》ったらしかった。自暴自棄になった相馬は酒場の用心棒などをやりながら、品川の岡場所へ通うようになったという。

「あるとき、丁字屋《ちょうじや》という女郎屋で、おしのというおなごに出会った。齢《とし》は二十二、源氏名《げんじな》は月見草《つきみそう》じゃ。北国の貧しい寒村《かんそん》の出で、十五のときに口減らしのために売られたらしかった。源氏名のとおり、見掛けは地味なおなごであったが、芯《しん》は強く、傷ついた相馬の心を綿で包むように温めてくれたそうじゃ」

何度も通ううちに、相馬はおしのと所帯を持ちたいと願うようになった。が、年季明けまでは、まだ五年もある。抱え主から身請金《みうけきん》の額を教えてもらったが、容易に工面できそうになかった。

それでもあきらめられず、大金を稼げそうなさきを探した。なかでも、札差の用心棒でもある対談方《たいだんかた》は、食いつめ者たちが憧《あこが》れる口である。それゆえ、足を棒にして蔵前のあたりを経巡《へめぐ》り、毎日のように八幡詣でを重ねていた。

「なるほど、それで義父上のことを見掛けたわけですな」

「そうじゃ」

相馬斧次郎にしてみれば、主税が衆生《しゅじょう》に功徳《くどく》をもたらすお釈迦様にみえたであろう。だが、刀を譲り受けたせいで、とんでもない不幸を呼びこむことになろうとは、誰も想像できなかったにちがいない。

相馬斧次郎は今、札差殺しの下手人にされつつあるのだ。

何も知らぬ主税は楽しげに喋り、ふいに居眠りしはじめた。

又兵衛は縁側をそっと離れ、さっそく身支度を整える。

今日は非番でもあり、多少の遠出は厭《いと》わない。東海道を南下し、品川宿へ行ってみよう。ひょっとしたら、女郎屋の抱え主が相馬の居場所を知っているかもしれないと、そうおもったのだ。

二里ほど休まずに歩き、正午過ぎには品川の歩行新宿《かちしんしゅく》までやってきた。眼前にひろがる海原《うなばら》は何処までも蒼《あお》く、寄せては返す波や沖に漂う帆船《ほぶね》はいつまで眺めていても飽きない。

棒鼻《ぼうばな》のそばで旅籠《はたご》の手代に尋ねると、丁字屋はすぐにわかった。

目黒川《めぐろがわ》の手前で左手に折れ、陣屋横丁《じんやよこちょう》を進んださきにあるという。

言われたとおりに行ってみると、なるほど、淫靡《いんび》な空気の漂う界隈《かいわい》に、それらしき長屋風の女郎屋があった。

間口半間《げん》に三畳ひと間、狭い部屋が横に七つほど並び、薄暗いなかに女郎たちが潜《ひそ》んでいる。夜ならば白い手が伸びてくるところだろうが、日中は客もおら

る。

ず、ひっそり閑《かん》と静まっていた。

抱え主の居座る部屋は一番奥にあり、間口が倍の一間なので容易にそれとわか
る。

「御免、誰かおらぬか」

敷居をまたぐと、奥の暗がりで誰かが身を起こした。

すがたをみせたのは、撫《な》で牛《うし》のように肥《こ》えた女将《おかみ》だ。

鰹縞《かつおじま》の着物を肩外しに纏《まと》い、貝髷《ばいまげ》にぐっさり横櫛《よこぐし》を挿している。

剝《は》げかかった白粉《おしろい》を壁のように塗っているので、年齢はよくわからない。

「あれまあ、お客さんですかあ」

にゅっとお歯黒《はぐろ》を剝《む》いて笑い、袖《そで》を摑もうと手を伸ばす。

おもわず半歩下がり、又兵衛は眉間《みけん》に皺を寄せた。

「客ではない、ちと聞きたいことがある」

「何ですよう、もしや、十手持ちの旦那かい」

「ああ、そうだ」

「ちっ、昼間っからついてないよ」

「まだ、何も聞いておらぬぞ」

「へえへえ、何ですか。こうみえても忙しい身でしてね、手っ取り早く済ませてくださいな」

「月見草という源氏名のおなごがおるであろう」

「おしのなら、今はおりませんよ」

「やはり、相馬斧次郎に身請けされたのか」

「いいえ、身請けだなんて、とんでもない」

相馬斧次郎の名を聞き、女将は渋い顔をつくった。

「何やら事情がありそうだな」

「相馬さまはよいおひとだけど、あたしに言わせりゃ、世の中を知らなすぎる。女郎のまことと四角の玉子、あれば晦日《みそか》に月が出るってね、岡場所の地獄に堕《お》ちた女の言うことを信じるほうが莫迦なんですよ」

「相馬はおしのに騙《だま》されたと言うのか」

「まあ、そういうことになりましょうね。おかげで、こっちは稼ぎ損なっちまった」

「どういうことだ」

「おしのには情夫《いろ》がいたんですよ。これが質《たち》の悪い男でしてね、そもそもはおしのを売った元亭主なんですが、こいつが離れずにおしのを金蔓《かねづる》にしていた。相馬さまもわかってはおられたのだけど、おしのを信じて二十両の大金をお持ちになったんです」

相馬は二十両を抱え主の女将に渡さず、おしのに手渡したのだという。

「女郎のまことを信じたかったのでしょうよ。この金を好きに使っていい。自分のことを好いてくれているなら、身請金にしてほしいと、相馬さまは仰ったそうです。おしのをためしたつもりだったのかもしれません。お侍なのに、それほどご自分に自信がなかったのでしょうか。二十両払って、さっさと身請けしちまえばいいのに、相馬さまはそうしなかった」

わからないでもない。おそらく、おしのに自分の意思で踏ん切りをつけてもらいたかったのだろう。それに、自分で稼いだ金ではないという引け目もあったにちがいない。

「そりゃ、おしのは戸惑ったでしょうよ。でも、情夫と客は別物です。腐れ縁を断《た》ちきるのは、言うほど簡単なことじゃない。情夫に事情をはなしたら、あっさり二十両を奪われちまったそうです。しかも、その野郎は博打《ばくち》で全部すっちまった」

そんな男と関わってしまった不運を、今さら嘆《なげ》いても仕方ない。おしのは相馬に会わせる顔がないと言い、別の見世《みせ》へ移してほしいと女将に訴えた。女将も厄介事に巻きこまれるのを恐れ、知りあいがやっている女郎屋へ移したのだという。

「どうせ、情夫には捜しだされるに決まってる。すっぽんみたいな野郎ですからね」

「相馬が訪ねてきたらどうする」

「あきらめてもらうしかありませんね。でも、あたしの勘じゃ、来やしませんよ。岡場所の女郎と所帯を持って、まっとうな暮らしをする。そんな夢みたいなはなし、ありっこないもの。相馬さまだって、そのくらいはご承知だったはずなんです」

女将のはなしを聞いていると、胸が締めつけられるように苦しくなってきた。

相馬はうらぶれても、自分なりの幸せをみつけようと必死に藻掻《もが》いていたのかもしれない。それがかなわぬ夢だったと知ったとき、自暴自棄になって凶刃《きようじん》を振るったのかもしれなかった。

だが、仙寿屋利介のことばを信じれば、相馬は身請けの質草に使った貞継をきちんと買い戻している。一度失った二十両を、どうやってまた稼ぎだすことができたのだろうか。

かりに、相馬が枡屋幸兵衛を斬ったにしても、そこまでにいたった経緯をもう一度たどらねばなるまいと、又兵衛はおもった。

六

品川からはまっすぐに帰らず、長元坊のもとへ立ち寄った。

「いいところに来やがったな。ちょうど、鯰のすっぽん煮をこせえたところさ」

「ほう、ありがたい」

すっぽん煮とは、酒をたっぷり入れて煮る料理のことだ。まずは、鯰のぬめりを木杓《きさく》でこそげ、三枚におろして皮と身のあいだに串《くし》を入れる。強火で素焼《すや》きにしてから、醬油《しょうゆ》と酒と味醂《みりん》で煮込んだたれに漬け、渋団扇《しぶうちわ》でぱたぱたやりながら、こんがりと焼きあげる。

「仕上げに山椒《さんしょう》を振って、はいできあがり」

旬《しゅん》の味にありつくと、気持ちのほうも豊かになってくる。

鯰のすっぽん煮は絶品と言うよりほかになく、品川まで足を延ばした疲れも一気に吹き飛んだ。

「ふうん、品川の岡場所まで行ったのか、そいつはご苦労なこった」

温燗《ぬるかん》を呑《の》み交わしつつ、主税が宝刀を譲ったはなしと札差殺しの経緯を喋った。長元坊はつまらなそうに耳をかたむけ、のっそり近づいてきた三毛猫の長助に鯰の骨を嘗めさせてやる。

「なあご」

長助は不満げに鳴き、身のほうをくれとせがんだ。そして、皿に残った身を嘗めつくし、何処かへ消えた。

「たぶん、相馬斧次郎は生きてねえぜ」

「何だと」

「勘だよ、理由はねえ。でえち、相馬は貞継を買い戻したんだろう。買い戻したその晩に人を斬り、使った刀をその場に捨てた。それじゃ、まったく筋が通らねえじゃねえか」

「たしかにな」

「相馬はたぶん、貞継を惚け隠居に返《け》えしたかったにちげえねえ。律儀な男なのさ。だから、貞継を人を斬る道具に使うはずがねえ」

「それなら、貞継はほかの誰かの手に渡ったと言うのか」

「まちがいねえな。相馬はそいつに斬られ、貞継を奪われた。そいつは死人の相馬に濡《ぬ》れ衣《ぎぬ》を着せるべく、殺した屍骸のそばに貞継を捨てておいたのさ。死人に口なし、阿呆な役人どもがどうやって調べようが、真相にゃたどりつけねえってわけだ」

なるほど、根拠のない当《あ》て推量《ずいりょう》にしては、しっかり筋が通っている。

「こいつはな、貞継が希少な銘刀だってことをわかってるやつの企《くわだ》てだ。となれば、芝神明町の仙寿屋利介が怪しい。刀に詳しい胁質が一枚嚙《か》んでいなきゃ、これほど手の込んだ手管《てくだ》はおもいつかねえだろうぜ」

「今宵《こよい》は妙に冴えておるな」

「ふん、いつものことじゃねえか、感謝しろってえの」

長元坊は酒を注ぎ、真顔で睨みつけてくる。

「刀はあきらめろ。この件からは手を引いたほうがいいぜ」

たしかに、そうすべきかもしれない。だが、やりかけたことを途中でやめるわけにはいかなかった。片付けにしても塵《ちり》ひとつ残したくないほうだし、小机の上や身のまわりもきっちり片付いておらぬと落ちつかぬ。脱いだ雪駄《せった》の並べ方や膳《ぜん》に並ぶ茶碗と皿の配置にまでこだわるので、周囲の連中からは怪訝《けげん》な目でみられることもあった。

ともあれ、頑固すぎる性分を、自分でも持てあますことがよくある。出世できぬ理由も、相手や情況に合わそうとせず、頑《かたく》なに自分の決めた道を貫《つらぬ》こうとするからかもしれない。

又兵衛は長元坊のもとを去り、重い足取りで屋敷へ戻ってきた。

すると、定町廻りの桑山大悟が申し訳なさそうな顔で門前に佇《たたず》んでいる。

不穏《ふおん》な気配を察して門を潜ってみれば、表口に見知らぬ侍がふたりおり、余所《よそ》行《ゆ》きの扮装に着替えた主税を連れだそうとしていた。

「おい、待て」

又兵衛は声を荒らげ、小走りに近づいた。

「おぬしら、何をしておる」

ひとりが三白眼《さんぱくがん》に睨み、刀を抜きかねぬほどの勢いで嚙みついてくる。

「無礼者め、おぬしが平手又兵衛か」

「おぬしは誰だ」

「徒目付の南原勝之進だ。身分はわしのほうが上だぞ」

「身分が上だろうが、関わりはない。夜も更《ふ》けたというのに、何故、勝手に門の内へ踏みこみ、義父を連れていくのだ」

亀と静香も表へ飛びだしてきた。心配顔で主税のそばに近づこうとすると、南原がさっと阻《はば》んでみせる。

「寄るでない。公儀の調べぞ」

南原はこちらに向きなおる。

「札差殺しに使われた刀が、都築主税どののものとあきらかになった。何故、それが下手人の手に渡ったのか、経緯を包み隠さず喋ってもらう」

「待ってくれ。義父は患《わずら》っておるのだ。おぬしらがいくら詮索《せんさく》しても、まともには応じられぬのだぞ」

「ふうん、そうなのか」

「毎朝、わしを草履取りとおもいこみ、草履を持たせようとするのだ」

「くはは、それはおもしろい」

「笑い事ではないわ」

「ああ、そうだな。わしの血筋にも、惚《ぼ》けた年寄りはおる。他人に言えぬ苦労を強《し》いられておるようだ」

「わかったのなら、帰っていただこう」

「そういうわけにはいかぬ」

「何だと」

「いくら惚けておるからと申して、大事な刀を盗まれてよいはずはあるまい。武士の魂《たましい》を粗末に扱った罪は問われようぞ。それにな、わしは上の指図で動いておる。おぬしも宮仕《みやづか》えならわかるであろう。おのれの一存では決められぬことがあるのだ」

「どうしても、義父を連れていくと申すのか」

「ああ、そうさせてもらう」

「させぬぞ」

又兵衛がさっと身構えると、南原も刀の柄《つか》に手を添える。

緊張が頂点に達したとみえた刹那《せつな》、ぶっと主税が屁《へ》を放《ひ》った。

「ふう、やっと出おった」

臭《くさ》い。おもわず、そばにいる南原たちが鼻を摘《つ》まむ。

亀は卒倒《そっとう》しそうになり、静香に背中を支えられた。

又兵衛も臭《にお》いを吸わぬよう、ぐっと息を詰める。

「ふはは、案ずるな」

主税が胸を反らし、大笑してみせた。

「又兵衛よ、ちとそこまで散策に行ってまいるゆえ、家で待っておるがよい」

「されど、義父上」

「何も申すな。このわしが敵の調略に屈するとおもうのか」

「……い、いえ」

「そうじゃ。わしを信じておれ。相手が黒田官兵衛《くろだかんべえ》であろうと、羽柴《はしば》秀吉であろうと、わしはおのれの信念を貫きとおす。いざとなれば、皺腹《しわばら》を掻き切ればよいだけのはなしじゃ。ふはは、さればな」

ぶっ、ぶっと、屁を放りながら、主税は堂々と冠木門《かぶきもん》の外へ出ていった。

鼻を摘まんでしたがう南原に追いすがり、何処へ連れていくのかを質す。

「責め苦などはせぬ。あとで使いを寄こすゆえ、静かに待っておれ」

南原のことばに合わせ、主税はひらりと片手をあげた。

又兵衛は溜息を吐き、意気揚々《いきようよう》と遠ざかる後ろ姿を見送るしかない。

「平手さま、徒目付は糸山右京さまの命にしたがっております」

門の陰に隠れていた桑山が、ひょっこり顔を出す。

糸山右京とは、猿屋町会所の御目付役でもある勘定吟味役のことだ。

「まことか」

「はい、それゆえ、お義父上は三味線堀の糸山邸へ連れていかれたものとおもわれます」

「なるほど」

札差殺しの探索をおこなわせているのは、勘定吟味役なのだ。

それがわかっただけでも、大きな収穫と言うべきであろう。

「おぬしも、たまには役に立つではないか」

皮肉を込めて言ったのに、桑山は褒《ほ》め言葉と受けとったようだ。

ともあれ、主税を一刻も早く助けださねばならぬと、又兵衛はおもった。

七

翌日、町奉行所内の廊下で内与力の沢尻玄蕃を見掛け、声を掛けようと身を乗りだしたが、すんでのところでおもいとどまった。

勘定吟味役と交渉して義父を救ってほしいなどと頼んだところで、聞く耳を持つはずがない。町奉行所に迷惑を掛けぬように自分で解決しろと、にべもなく断られるに決まっている。

俯《うつむ》いて背を向けるや、唐突《とうとつ》に声が掛かった。

「平手、ちょっと来い」

振りかえれば、沢尻が手招きしている。

滑るように近づくと、すぐさま、問答を仕掛けられた。

「湯屋で侍が刀を盗まれたら、盗んだ者は罪に問われる。たとえば、十両以上の値がつく刀なら、死罪となろう。されば、盗まれたほうの罪はどうなる」

「武辺不覚悟《ぶへんふかくご》ゆえ、御城勤めの役人ならば、御役御免となりましょう」

「浪人ならばどうなる」

「どうにもなりませぬ」

「罪に問わぬと申すか」

「すでに、浪人になった時点で武辺不覚悟ゆえ、罪に問うた類例《るいれい》はございませぬ」

「隠居ならどうなる。浪人と同じで、罪に問われぬのか」

「さように心得まする」

「されば、おぬしの舅《しゅうと》どのも罪には問われまいな」

「えっ」

驚いてみせると、沢尻はたたみかけてきた。

「聞いておるぞ、徒目付に連れていかれたそうではないか」

「……ど、何処からそれを」

「みな、噂《うわさ》にしておるわ。夜更けに騒ぎがあれば、隣近所の連中は聞き耳を立てよう。札差殺しと関わりがあるらしいな」

「はあ」

「何者かに盗まれたとしても、舅どのの刀が殺しに使われたとなれば、何らかのお咎《とが》めは免《まぬが》れまい。舅どのだけではないぞ。おぬしにも累《るい》がおよぶであろう。わしが裁《さば》くとすれば、最低でも御役御免、事と次第によっては切腹を申しつけるかもしれぬ。そうなったときは、どういたす」

「お裁きにしたがうしか」

「抗《あらが》わぬのか」

もはや、抗うことなどかなうまい。

「わしは助けられぬぞ」

「もとより、承知してございます」

額《ひたい》に冷や汗が滲《にじ》んできたが、表情だけは変えぬようにつとめた。

「されどな、札差殺しを自力で解決してみせたら、はなしは別じゃ」

「……ど、どういうことにござりましょう」

「仏と呼ばれた枡屋幸兵衛が死に、猿屋町会所の肝煎りは桔梗屋伝蔵《ききようやでんぞう》になった。この桔梗屋、枡屋と長年張りあってきた仲でな、枡屋が死んでくれたおかげで、ようやく念願をかなえたというわけだ」

「沢尻さまは、桔梗屋を疑っておいでなのですか」

「証《あか》しはひとつもない。ただ、桔梗屋が狡猾《こうかつ》な狐《きつね》だということは、たいていの者は存じておる」

「たいていの者にござりますか」

「不浄役人で知らぬやつは、もぐりであろうな。されど、誰もが知っていながら、黙《だんま》りを決めこんでおる。何故か、わかるか。みな、桔梗屋から金を借りておるからだ。かく言うわしも、かなりの額を借りておる。それゆえ、腫《は》れ物《もの》のごとく扱うしかない」

「何故、それがしにおはなしなされるのですか」

「繋がりのないおぬしなら、遠慮なく調べられよう。舅どののことがあるゆえ、何かわかっても表沙汰《おもてざた》にはできまい」

「表沙汰にできぬようなことが、裏に隠されているのでしょうか」

「さあ、わからぬ。ただ、桔梗屋には大物の後ろ盾《うしろだて》がおるようでな、大物は三味線堀に御屋敷を構えておるのだが、枡屋が死んだ直後から、大屋根を銅瓦《どうがわら》で葺《ふ》くなどして、おおっぴらに御屋敷の改修をやりだした」

「まさか、その大物とは……」

「口に出すでない、悪事の確たる証しを摑むまではな」

「その大物を断罪なさるおつもりですか」

「高飛車《たかびしゃ》で鼻持ちならぬ、嫌なやつなのだ。されど、勘違いするなよ。これは密命でも何でもないぞ。哀れな舅どのを救うために、おぬしが勝手にやることだ。おぬしがどうなろうと、わしは知らぬ。わかったな」

「はっ」

細い目で睨みつけられ、しっかりとうなずいてみせる。

感謝してよいのかどうかもわからぬが、ともあれ、札差殺しを調べる端緒《たんしょ》は手に入れることができた。

役目が終わって御門を抜け、いつもどおり、御門に一礼してから振りかえる。

すると、通りの向こうから陽気な声が聞こえてきた。

「おおい、鸛《ばん》の旦那」

縞木綿《しまもめん》に小倉《こくら》の角帯《かくおび》、小者の甚太郎が懸命に手を振っている。

そそっかしくて気が短く、情に脆《もろ》いが喧嘩《けんか》っ早い。見栄っ張りのお調子者で、すぐに格好をつけたがり、あれもこれも何でもかんでも首を突っこまずにはいられなくなる。まさに絵に描いたような江戸っ子気質《かたぎ》の男だ。

背後には訴人《そにん》の待合にも使う葦簀《よしず》張りの水茶屋《みずぢゃや》が五軒ほど並んでおり、萌葱色《もえぎいろ》の地に「名物みそこんにゃく」と白抜きされた幟《のぼり》が風にはためいていた。甚太郎の隣には、下女奉公のおちよが立っている。ふたりが懇《ねんご》ろな仲だというのは知っているが、所帯を持たぬのかと問うたことはない。

「どうした、何か用か」

「何か八日、九日十日。へへ、まだら惚けのご隠居、連れていかれたんですってね。伺いやしたよ、ええ、早耳の甚太郎でござんすからね」

獅子《しし》っ鼻《ぱな》を上に向け、知っていることを自慢する。

頬桁《ほおげた》を平手打ちにしてやりたくなったが、又兵衛は自重した。

「用があるなら、早く言え」

「かしこまり之介にござんす。昨日の夕方、南原勝之進っていう徒目付の旦那がここにあらわれ、味噌蒟蒻《みそこんにゃく》を注文しやしてね、ついでに、平手又兵衛とはどういう男だと偉そうに抜かすもんだから、あっしは言ってやったんです。はぐれ者の一匹狼《いっぴきおおかみ》で、上からは毛嫌いされ、下からは相手にされてねえ。ほんでも、町奉行所でいっち頼りになるのは平手又兵衛さまだってね。ついでに、お怒りになったときは月代が朱《しゅ》に染まる。だから、あっしが鬮の旦那と綽名《あだな》を付けてやったとね、ええ、言ってやりやしたよ」

「南原はどうしてた」

「ふうん、月代が朱に染まるのか。妙なやつだなと漏らし、味噌蒟蒻をつるっと食べると、席を立っておしまいに。たぶん、そのあとしばらく経ってから、旦那の御屋敷へ向かったんじゃねえかと」

与《くみ》しやすい相手とみて、義父を連れだそうとおもったのであろうか。奉行所内に仲間が大勢いて、関われば厄介だとおもえば、まだら惚けの年寄りを連れだすなどという暴挙にはおよばなかったかもしれない。

「まさか、あっしのせいですかい」

「そうとも言えよう」

「めえったな、旦那にとんだ迷惑を掛けちまった」

甚太郎はぺろっと舌を出し、おちよに命じて味噌蒟蒻をひと皿持ってこさせる。

「あっしのおごりですよ」

好物なので断りもせず、毛氈《もうせん》に座って蒟蒻を食べた。

美味《うま》いは美味いが、いつもより塩味が濃い気もする。

「それで、どうなさるんです」

甚太郎に問われても、にわかに頭がまわらない。

焦りが募《つの》るばかりで、良い思案も浮かんでこなかった。

八

夜、顔の長い大戸屋七右衛門が屋敷にやってきた。

「ご隠居さまが連れていかれたと聞いたものですから」

「案じてくれたのか、すまぬな」

内へ誘っても七右衛門は遠慮し、三和土に立ったまま喋りはじめた。

「じつは、わかったことがいくつか。まずは、猿屋町会所の新たな肝煎りになった桔梗屋伝蔵についてでござります」

又兵衛はおもわず、顔を強《こわ》ばらせる。

「おや、何かご存じで」

「上から聞いた。桔梗屋は狡猾な狐らしいな」

「人を化かして金を儲《もう》ける、質《たち》の悪い狐にござります」

七右衛門はそう言い、懐中から帳面を取りだした。

「枡屋は主人の幸兵衛を失い、店をたたむことになりました。空き株は最低でも一千両の値がつくそうですが、おそらく、買い手はすぐにあらわれましょう」

可哀相なのはとばっちりを受けた奉公人たちで、ことに長年枡屋に尽くした番頭は年寄りなので移るさきもないという。七右衛門は骨董《こっとう》集めが好きなその番頭と以前から懇意《こんい》にしていたらしく、何かおもしろい出物《でもの》でもないかと期待しながら、店の後片付けを手伝っていた。その際に、番頭から手渡された代物らしい。

「とりあえず、捲《めく》ってみてください」

言われたとおり、唾《つば》で指先を湿らせながら帳面を捲ってみると、どうやら、会所運用金の出納帳《すいとうちょう》らしく、ここ数年間の実績をあらわす数字がびっしり並んでいる。注目すべきは旗本などへの貸付金のうち未回収となった額で、それが一年の平均で数千両にもおよんでいた。

「欄外《らんがい》に記された朱の数字がござりましょう。それらは桔梗屋だけが扱った額だそうです。ざっくり勘定すれば、三年分で未回収全体の半分近くにおよんでいる。そいつは誰がみてもおかしい。枡屋の旦那は貸出先を秘かに調べさせ、幽霊にちがいないとの確たる証しを得たのだとか」

「幽霊」

実態のない貸出先のことだ。金を貸したとみせかけ、帳簿上は未回収で処理する。そうやって、公金を着服する手管にほかならない。事実ならば、桔梗屋は重罪に問われよう。見落とした肝煎りの枡屋も責めを負わねばならぬだろうし、帳簿を精査する役目の勘定吟味役も無事では済むまい。

「どうすべきか、枡屋の旦那は悩んでおられたそうです。ところがあるとき、桔梗屋の勘気《かんき》を蒙《こうむ》ってお払い箱になった元手代から、とんでもないものが持ちこまれてきた」

そう言って、七右衛門は懐中から別の帳面を取りだしてみせる。

「これにござります」

又兵衛はさっそく手に取り、一枚ずつ捲っていった。

日付と金額が順を追って克明《こくめい》に記されている。いずれも、桔梗屋から何処かへ贈られた賄賂《わいろ》の日付と金額であった。しかも、大口の贈り先はこの三年、同じひとりの人物しかいない。

「勘定吟味役、糸山右京か」

「いかにも」

帳面をみれば、桔梗屋から糸山右京へ渡された賄賂の詳細がわかる。

そもそも、利害の絡む札差から勘定吟味役への賄賂は許されていない。それだけでも大罪だが、糸山に渡った賄賂の金額は、桔梗屋がその年に未回収と記した運用金の金額とほぼ一致するという。

「つまり、着服した公金をそっくりそのまま賄賂にあてていたというはなしでござります」

「まことか」

「おそらく、糸山さまも承知のうえで桔梗屋に不正をやらせていた。いや、むしろ、そうしたからくりを指図したのは糸山さまであったとも考えられる。枡屋の旦那もそこを疑っておられたそうです」

ただし、桔梗屋の元手代が持ちこんだ裏帳簿は原本ではなく、写しであった。

枡屋は五十両も払って薄っぺらな写しを手に入れたが、白洲《しらす》では証拠としての価値がないこともわかっていた。

「枡屋の旦那は、相手の背中を刺すようなまねはしたくないと仰ったそうです。何せ、糸山さまには若い時分から目を掛け、大金も融通《ゆうずう》してきた。御目付役の地位に就かせるために尽力したし、何年も苦楽をともにした間柄でもある。途中で道を踏み外したとすれば、それは支えてきた自分のせいでもあろう。それゆえ、面と向かって不正の有る無しを質し、おのれ自身でどう始末をつけるのか、きっちり決めてもらいたいと、番頭にだけは内々に告げておられたのだとか」

枡屋は覚悟を決め、三味線堀の糸山屋敷へ向かった。そして、帰り道で命を落としてしまったのだ。とどのつまりは、仏と呼ばれる優しい性分が仇《あだ》になったと言うよりほかにないと、七右衛門は目を潤《うる》ませる。

「今のはなしはすべて、行き場のない番頭が泣きながら訴えたものにございます」

裏帳簿は写しにすぎず、今さらお上に訴えたところで、枡屋幸兵衛が死んでしまった以上、誰も相手にしてはくれまい。番頭はそうおもい、何もかも燃やしてしまおうとしたが、どうしても二冊の帳面だけは燃やすことができなかった。

どこまで追及できるかわからぬが、二冊を預からせてほしいと、七右衛門は柄《がら》にもなく言いはなってきたという。

「その足でこちらへ。平手さまなら、何とかしていただけるのではないかと」

「おいおい、買いかぶられても困るな」

と、応じながらも、胸の裡《うち》には怒りの熾火《おきび》が燃えあがるのを感じていた。

「それともうひとつ、相馬斧次郎というご浪人についてわかったことが」

頼りになる質屋のことばに、又兵衛は目を輝かせた。

「教えてくれ」

「されば、相馬さまは枡屋に雇われておりました」

「何だと」

雇われたのはひと月前のはなしで、主税から貞継を譲り受けた前後らしかった。おそらく、直後であろう。そもそもは、とある旗本に頼まれ、利息減免《りそくげんめん》を交渉する蔵宿師《くらやどし》として乗りこんできたという。

「もちろん、そこは会所の肝煎りをつとめる枡屋だけに、蔵宿師に対抗すべく腕も弁も立つ対談方を雇っていた。ところが、相馬さまは舌鋒《ぜっぽう》鋭く対談方を言いくるめ、挙《あ》げ句《く》の果てに刀を抜こうとした対談方を素手で昏倒《こんとう》させてしまった。物陰から覗《のぞ》いていた枡屋の旦那は舌を巻き、すぐさま、相馬さまを新たな対談方として雇ったそうです」

「ふうむ、なるほど」

相馬は疋田陰流の遣《つか》い手《て》だと、主税は言っていた。どうやら、ほんとうのはなしだったらしい。

「雇うにあたっての支度金は十両、月の手当ては三両だったとか。ひと月ほど経ったつい先日、番頭は相馬さまに十両ほど前借りさせてほしいと懇願され、自分の一存で貸してやったと申しておりました」

支度金と合わせて二十両余りを携え、相馬は芝神明町の仙寿屋へ向かった。

「そして、預けておいた貞継を買い戻したというわけか」

「はたして、無事に買い戻すことができたのかどうか」

「ん、何が言いたい」

「相馬さまに言いくるめられ、枡屋をお払い箱になった対談方のことでございます。この者、じつはそののち、別の札差に雇われました」

それが桔梗屋なのだと聞き、又兵衛の胸に隙間風《すきまかぜ》が吹きぬけた。

七右衛門はつづける。

「浪人の名は石渡和成《いしわたりかずなり》、眉間に三日月傷《みかづききず》があり、上州《じようしゆう》の出で馬庭念流《まにわねんりゆう》を修めているそうです。相馬斧次郎には不意打ちを食らっただけで、尋常に勝負すれば負けるはずがないと、負け惜しみを言いながら店を去っていったとか」

石渡は今も桔梗屋の食客《しよつかく》となり、厚遇《こうぐう》を受けているという。

「しかも、はなしはまだ終わりませぬ。同業の知りあいによれば、眉間に三日月傷のある浪人が、半月ほどまえから仙寿屋へ出入りするようになったと聞きました」

その浪人が石渡だとすれば、何らかの明確な意図をもって仙寿屋の敷居をまたいだことになる。

「ひょっとしたら、石渡は相馬さまに恨みを抱き、ずっと命を狙っていたのかもしれませぬ。一方、桔梗屋からは枡屋を亡き者にするという汚れ仕事を請けおわされた。相馬さまのものとすぐにわかる貞継を使えば、殺しの濡れ衣を着せることができるかもしれない。しかも、相馬さまを葬《ほうむ》ったうえで貞継を使えば、死人に口なしで一挙両得となろう。そんなふうに、悪知恵をはたらかせたのかも」

すべては七右衛門の当て推量にすぎぬが、当たらずとも遠からずと、又兵衛はおもった。

いずれにしろ、鼬顔の仙寿屋利介を脅《おど》して確かめればわかることだ。

「大物の始末より、やっぱり、そっちのほうがさきでしょうね」

七右衛門は得意げに、片方の眉を吊りあげてみせる。

今から芝へ向かえば、町木戸の閉まるまえに質屋へたどりつけよう。

又兵衛は静香を呼びつけ、刃引刀《はびきとう》ではなく、和泉守兼定を持ってこさせた。

九

――ごおん。

亥ノ刻《いのこく》（午後十時頃）を報せる芝切通《しばきりどおし》の鐘音が響いている。

定町廻りの桑山大悟に使いを出しておいたので、今ごろはこちらへ向かっているはずだ。

仙寿屋の周辺は、ひっそり閑と静まりかえっていた。

往来を大股で横切り、躊躇《ためら》うこともなく木戸を敲《たた》く。

後ろには、小者に化けた七右衛門が控えていた。

得手《えて》ではないが、ここはおもいきって脅しつけるしかない。

――どんどん、どんどん。

執拗《しつよう》に敲きつづけると、ようやく脇戸が開いた。

「誰だ、今ごろ」

差しだされたのは怒った鼬顔、阿漕《あこぎ》な質屋にまちがいない。

有無を言わせず、十手を鼻先に突きだした。

鼬が顔を引っこめると、逃さぬ勢いで脇戸を潜る。

仙寿屋利介は上がり端に正座し、こちらを三白眼に睨みつけた。

あとにつづいた七右衛門は、履き物も脱がずに廊下へあがり、仙寿屋を逃がさぬように背後へまわりこむ。

有明行燈《ありあけあんどん》を近づけると、鼬は顔を曇らせた。

「もしや、こないだの……与力の旦那でござんすか」

「ああ、そうだ。おぬしは嘘を吐いた。相馬斧次郎が刀を買い戻したなぞとな」

「……う、嘘じゃござんせん」

「そうかい。あくまでも、嘘を吐きとおすつもりだな。それなら、こっちにも考えがある」

又兵衛は裾《すそ》を捲《まく》り、ひょいと持ちあげた右足で仙寿屋の胸を蹴りつけた。

「うえっ」

肝心なのは一発目だ。

ひっくり返った鼬のそばへ、ぬっと覆《おお》いかぶさるように身を寄せる。からだをまたいで上から覗きこみ、十手の先端で額を軽く叩いた。

「ここを割ってやろうか、石榴《ざくろ》のようにぱっくりとな」

「……ご、ご勘弁を」

「だったら、問いにこたえろ。正直に喋れば、悪いようにはせぬ」

「喋ったら命はないと言われました」

「ほう、誰に言われたのだ」

鼬は、しまったという顔をする。

「もう遅い。ほら、そいつの名を言え」

十手の先端を持ちあげると、鼬は声を震わせた。

「……い、石渡和成さまにござります」

「桔梗屋の対談方か。やはり、石渡とつるんでおったのだな」

「いいえ、脅されて仕方なく……」

「仕方なく、どうしたのだ。相馬斧次郎の命を奪い、貞継を掠《かす》めとる算段でも立てたのか」

「何から何まで、石渡さまが考えたことで……て、手前はただ、場所を貸しただけにございます」

「ほう、場所を貸したか。それはどういう意味であろうな。もしや、相馬が貞継を買い戻すと見込んで、石渡に待ちぶせさせたのではあるまいな」

表と奥を分かつあたりに、大きな暖簾が垂れさがっている。

「あそこか、石渡を暖簾の陰に隠しておったのか」

「……い、致し方なかったのでござります。そうしなければ殺すと脅されたのです」

「石渡め、ここで相馬を不意打ちにしたのだな」

相馬は背中をひと突きにされ、三和土に落ちて息絶《いきた》えたという。

屍骸《むくろ》の懐中には、二十両余りの金子《きんす》があった。本来なら、すべて返してもらえるはずの金だが、石渡は半分を自分の懐中に入れ、残りで屍骸を始末しておけと、仙寿屋に命じたらしい。そして、満足げな顔で貞継を抱えると、後ろもみずに出ていった。

「翌日、蔵前で殺しがあったのを知り、石渡さまが貞継で斬ったのだと察しました」

殺しの片棒を担いだような気がして、夢見の悪い夜を過ごさねばならなかった。口封じされぬともかぎらぬので、今日までびくびくしながら過ごしていると、仙寿屋は同情を買おうとするかのように言った。

おそらく、それが偽りのない経緯であろう。

予想していたとはいえ、やはり、相馬は死んでいたのだとわかり、又兵衛は石を呑まされたような気分になった。

「遺体はどうした」

「切通の青竜寺《せいりゆうじ》へお持ちしました」

顔見知りの住職に頼みこみ、無縁仏《むえんぼとけ》として葬ってもらったという。

「そうであったか」

がっくり肩を落としたところへ、脇戸を潜ってくる者があった。

「平手さま、遅くなりました」

桑山大悟である。

又兵衛は仙寿屋の身柄を桑山に託し、その足で七右衛門と青竜寺へ向かった。

切通の下方に建つ青竜寺は、時《とき》の鐘《かね》を鳴らす寺でもある。

山門《さんもん》を潜りぬけ、暗い参道を進んでいくと鐘楼《しようろう》がみえ、筋骨逞《きんこつたくま》しい僧がひとり佇んでいた。十手をみせて用件を告げると、宿坊《しゅくぼう》へ案内してくれ、がらんとした殺風景な部屋で待っているように言われた。

しばらくすると、黄檗色《きはだいろ》の袈裟《けさ》を纏った住職があらわれ、威厳のある声で無縁仏は灰になったと告げる。

「ただし、遺品がひとつ」

取りだしたのは、麻紐《あさひも》であった。

「元結《もとゆい》にござる」

「手に取ってもよろしいか」

「どうぞ」

何の変哲《へんてつ》もない麻紐だが、よくみれば紙縒《こより》が巻いてある。

紙縒を外して捻《ひね》ると、細長い紙に何か書いてあるのがわかった。

――相馬さまを恋《こ》い慕《した》い、逢瀬《おうせ》を指折り数えてお待ち申しあげております。

拙《つたな》い字で綴《つづ》られた艶書《えんしょ》であった。

おそらく、女郎が客ならば誰にでも送るたぐいの文《ふみ》であろう。

それを相馬が後生大事に携え、紙縒にして元結に巻きつけておいたのだ。

「裏もご覧なされ」

住職に言われ、紙を裏返す。

——おしのよ、わしにはおまえしかおらぬ。

返書として、したためたのだろうか。

「見事な筆跡ゆえ、捨てられずにおった。その字には、ほとけになった御仁《ごじん》の魂が込められておる。もし、手渡すべき相手がおわかりのようなら、貴殿にその文をお託し申しあげたい」

住職の重厚な声が、胸の奥まで響いてくる。

「ありがたく頂戴いたします」

又兵衛は深々と頭《こうべ》を垂れ、無縁仏を弔《とむら》った墓石への参拝を願いでた。

最初からそのつもりであったのか、住職は数珠《じゅず》を鳴らして立ちあがる。

墓所へ向かう道すがら、又兵衛は相馬斧次郎の無念をおもった。

主税によれば、痘痕《あばた》のある熊に似た顔の男だったという。

女郎の情けを信じ、ささやかな暮らしを夢見ていたにちがいない。

会ったこともない相手だが、以前からの親しい知りあいであるかのような、不思議な錯覚《さっかく》にとらわれた。

仇《かたき》を討ってやるべきかもしれぬ。

主税もおそらく、それを望むであろう。

死人《しびと》の霊が彷徨《さまよ》う墓石のまえに立ち、住職の読経《どきよう》を聞きながら両手を合わせ、又兵衛はそんなことを考えていた。

十

又兵衛は時を惜しんだ。

今も主税が何処かで不便を強いられているのかとおもえば、夜更けであろうと動きを止めるわけにはいかない。

ましてや、敵の輪郭《りんかく》は明確に浮かびあがってきた。

怒りを抑《おさ》えることなど、できようはずもなかろう。

又兵衛の月代は朱に染まっている。七右衛門の持つ提灯に映《うつ》しだされたのは、鬣と化した侍のすがただ。

子ノ刻も過ぎた頃、蔵前の鳥越橋を渡った。

桔梗屋は枡屋と同じく、元旅籠町の一隅《いちぐう》にあった。

七右衛門は不安げな表情を隠さない。

又兵衛は気にも掛けず、表戸のそばへ近づいた。

――どんどん、どんどん。
拳《こぶし》が割れそうなほどの強さで、木戸を敲きつづける。
さほど待たされもせず、脇戸が開いた。
「どちらさまで」
顔を出したのは、寝ぼけ眸子《まなこ》の手代である。
鈍色《にびいろ》の十手を翳《かざ》すと、驚いて奥へ引っこんだ。
かまわずに脇戸を潜り、薄暗い三和土に踏みこむ。
後ろにいたはずの七右衛門は、はいってこない。
脇戸を潜ったさきに、地獄が待っているとでもおもったのか。
無理もあるまい。江戸の闇に通じているとはいえ、一介の質屋にすぎぬのだ。
ここまでつきあってくれたことに感謝するしかなかろう。
たったひとりになっても、又兵衛はまったく動じない。
肝《きも》を据《す》えるとは、おそらく、こういうことなのだろう。
死に身で挑《いど》むと無縁仏に誓ったときから、恐れを少しも感じなくなっていた。
行燈がいくつも持ちこまれ、上がり端が明々《あかあか》と照らされる。
のっそりあらわれたのは狡猾な狐、桔梗屋伝蔵にちがいない。

後ろには、眉間に三日月傷のある狂犬が控えていた。

枡屋と相馬を殺《あや》めた石渡和成であろう。

桔梗屋伝蔵を取りまく連中は、大店《おおだな》の奉公人にはみえない。いずれも目つきの鋭い癖の強そうな輩《やから》で、札差ではなく、地廻りの根城《ねじろ》へ踏みこんだような気分になった。

「ほう、お見掛けしたことのないお役人さまですな。失礼ながら、どちらさまで」

「南町奉行所の例繰方与力、平手又兵衛だ」

「例繰方……はて、どのようなお役目で」

「御奉行の裁きに必要な類例を集める。それが主な役目だ」

「類例集めのお役人さまが、こんな夜更けに何のご用でござりましょう」

「死んだ枡屋から、帳面を二冊預かっておる。一冊は出納帳、おぬしが会所の運用金をちょろまかしてきた証しとなるものだ。そしてもう一冊は、おぬしと勘定吟味役のただならぬ関わりをしめす裏帳簿だ」

桔梗屋はわかりやすい男で、顔がみる間に蒼醒《あおざ》めてくる。

又兵衛は淡々《たんたん》とした調子をくずさない。

「要するに、悪党どもを断罪できる証しがあるというはなしだ」

「ちょっと待ってくれ。藪《やぶ》から棒にそんなはなしをされても、はいそうですか、すみませんと、なるはずがあんめえ」

地金《じがね》を出した雑な喋りに辟易《へきえき》としながらも、又兵衛は平板《へいばん》な口調でつづけた。

「罪をみとめれば、金で解決してやろう。一冊につき一千両でどうだ」

わずかな沈黙があり、ぷっと桔梗屋は吹きだした。

「ぷへへ、所詮《しょせん》は金か。あんた、役人のくせに、札差を強請《ゆす》ろうってのか」

「強請《ゆすり》ではない。取引だ。取引に応じぬとあれば、白洲で裁くだけのはなし、おぬしの出方ひとつで、やり方は変わる」

「おもしれえ。だったら聞くが、二千両払って口を噤《つぐ》むって証しは、どうやって立てるんだ」

「証文を書けばよかろう。おぬしから金を貰えば一蓮托生《いちれんたくしょう》、この身も腐った泥水に浸かることになる」

「そんなに金が欲しいのか」

「ああ、欲しい。外廻りならいざ知らず、内勤は稼ぎが悪くてな。死ぬまで類例漁《あさ》りで終わりとうはない」

「正直な役人だぜ。でもな、二千両と言えば大金だ。千両箱をふたつも抱えて歩けば、腰が抜けちまうぜ」

「今すぐにとは言わぬ。帳面も携えておらぬしな」

「だったら、どうすればいい」

「明日の晩、糸山屋敷で取引をおこなう」

「何だと」

目を剝く桔梗屋を、又兵衛は嘲笑《あざわら》ってやった。

「糸山右京に証人になってもらう。おぬしは、その段取りを整えるのだ。できぬと申すなら、それでもよい。刑場に獄門首《ごくもんくび》を晒《さら》すことになろう」

「そいつは御免だな。でもよ、おめえさんはこうして、たったひとりで虎穴《こけつ》へ迷いこんできた。おめえさんを斬っちまえば、面倒なことはせずに済むんじゃねえのか」

「この場でわしを斬れば、誰がやったのかはすぐにわかる。そこまで、わしも莫迦ではない」

「骨を拾ってくれる者でもいるってのか」

「おらねば、のこのこやってこぬわ。明晩子ノ刻、わしのほうから糸山屋敷へ足《そく》労いたす。そのとき、門が閉まっておれば、あきらめて踵を返すつもりだ。どういたす、諾《だく》すか否《いな》かの返事を聞こうか」

「くそっ」

桔梗屋は悪態を吐《つ》き、かたわらの石渡をちらりとみた。

そして、片頬に笑みすら浮かべ、うなずいてみせる。

「わかったよ。明晩子ノ刻だな。糸山さまにお願いして、段取りはつけておく」

「よし、それでよい」

又兵衛はくるっと背を向け、脇戸のほうへ近づいた。

腰を屈めて振りむき、桔梗屋と石渡を交互に睨みつける。

「用心棒をけしかけても無駄だ。不意打ちでしか人を殺せぬ輩に、わしは斬れぬ」

「ぬう」

石渡が口惜しげに呻《うめ》き、尖《とが》った喉仏《のどぼとけ》を上下させる。

桔梗屋は引き攣《つ》った笑い声をあげた。

「ひゃはっ、大きく出やがった。おめえさん、内勤のもやし与力じゃねえのか。どう眺めても、剣豪にゃみえねえぜ」

「ためしてみればわかる。桔梗屋よ、隣の三日月傷なんぞより、わしのほうが頼りになるぞ。さればな」

脇戸を潜ると、さっと提灯が翳された。

七右衛門が、不安げな顔で佇んでいる。

「案ずるな。おもいきり、挑発しておいた」

「えっ」

「帰り道には気をつけろ、というはなしさ」

追っ手を誘うかのように、又兵衛はゆったり歩きはじめる。

鳥越橋を渡りかけたとき、後ろから跫音《あしおと》がひたひたと迫ってきた。

十一

後ろから近づいてきたのは、夜廻りの番太郎《ばんたろう》だった。

あれだけ挑発しても桔梗屋は慎重に構え、狂犬の石渡を差しむけなかった。

翌日、又兵衛は主税の身を案じながらも町奉行所に詰め、屋敷に戻ってからも何食わぬ顔で夕餉《ゆうげ》をとった。亀と静香は又兵衛のことを信じ、案ずる気持ちを押し殺している。それがわかるだけに申し訳ない気持ちでいっぱいになったが、日が暮れると怒りの熾火がふたたび燃えあがってきた。

どうあっても許せぬのは、勘定吟味役の糸山右京だ。世の中には日々の暮らしにも困窮《こんきゅう》している人々が大勢いるというのに、おのれの地位を利用して狡猾に私腹を肥やしている。そのような悪党が断罪もされず、大きな顔で幕府の要職に居座りつづけることが許されるはずもなかろう。

夜も更けた。

「まいろうか」

女たちに気づかれぬよう、そっと家を抜けだした。

大小を差して冠木門を出ると、提灯を手にした七右衛門が待っている。

そしてもうひとり、大きな人影がぬっとあらわれた。

長元坊である。

「質屋に助っ人を頼まれた。おめえひとりじゃ、不安でならねえそうだ」

「ふん、余計なことを」

「ここで見送ってもいいんだぜ。でもよ、相手はまがりなりにも札差だ、甘くみねえほうがいい」

「手伝いたいなら、従いてくるがいいさ」

「けっ、憎ったらしい野郎だぜ。素直になれっつうの」

三人は薄暗い八丁堀の横丁から箱崎《はこざき》へ向かい、小舟を仕立てて大川を遡上《そじよう》した。小舟は浅草御蔵《あさくさおくら》の南端から堀割へ進入し、三人は鳥越橋の手前で陸《おか》へあがった。

天王町《てんのうちよう》から猿屋町へ向かう途中には、不正の温床となった会所がある。稲荷橋から甚内橋にいたる道端には、血腥《ちなまぐさ》い臭いが今も漂っていた。

行く手に人影はみえぬものの、ただならぬ殺気がわだかまっている。

土手下に隠れていたのは、喧嘩装束《けんかしようぞく》に身を包んだ破落戸《ごろつき》どもであった。

まんなかで仁王立《におうだ》ちしているのは、三日月傷の石渡和成にちがいない。

「ふうん、あれが馬庭念流のがに股野郎か」

長元坊はうそぶき、拳大の石を拾って手拭《てぬぐ》いで包む。

七右衛門は足を止め、従いてくるのを躊躇った。

「いいさ、おめえはそこでみてりゃいい」

長元坊は吐きすて、手拭いで包んだ石をくるくるまわす。

破落戸たちもつられるように、段平《だんびら》を一斉に抜きはなった。

「待て、焦るな」

石渡が余裕の顔で言い、前面へ押しだしてくる。

又兵衛は歩みを止めず、間合いを詰めていった。

「止まれ、ここからさきへは行かせぬぞ」

「石渡とやら、おぬし、ここで枡屋を斬ったのか」

「ふん、おぬしも枡屋と同じ運命をたどるのだ」

「相馬斧次郎も殺めたな」

予期せぬ問いだったのか、石渡はわずかに動揺した。

「相馬を知っておるのか」

「小十人組《こじゆうにんぐみ》の小頭までつとめた男だ」

「ふん、それがどうした。あやつは、落ちぶれて札差の犬になりさがった。ただの食いつめ者にすぎぬわ」

「それは、おぬしであろう。相馬は胸に小さな望みを抱き、地に這いつくばってでも生きようとしていた。血に飢《う》えた野良犬に望みの芽《め》を摘まれるまではな。石渡よ、おぬしは報《むく》いを受けねばならぬ」

「ふはっ、驚いた。まさか、相馬の仇討《あだう》ちでもする気か。どっちにしろ、わしにとっては好都合だ。桔梗屋は律儀にも大金を用意した。おぬしを始末したら、その金はわしのものになる。わかるか、おぬしを斬ったら二千両だ。木《こ》っ端《ぱ》役人ひとり斬れば、枡屋の四十人ぶんの報酬が手にはいる。これほどおいしいはなしもあるまい」

石渡は低く身構え、刀を抜きはなった。

腰を引いて重心を後ろに倒し、柄頭《つかがしら》を胸のあたりまで持ちあげる。

切っ先をこちらの眉間にぴたりとつけ、さらに腰を落とした。

がに股で中段青眼《せいがん》に構えたすがたは、蝦蟇《がま》のようでもある。

「ぬおっ」

突如、背後の長元坊が吼《ほ》えた。

又兵衛の脇から躍《おど》りだすや、対峙《たいじ》する破落戸連中も飛びだしてくる。

――ぼこっ。

長元坊の振りまわす石手拭いが、ひとり目の頬桁を砕《くだ》いた。

ふたり目と三人目も石手拭いの餌食《えじき》になったが、四人目で手拭いがちぎれる。

「それ、殺《や》っちまえ」

絶叫と悲鳴が交錯《こうさく》し、たちまちのうちに乱戦となった。

だが、又兵衛は和泉守兼定を八相《はっそう》に構え、あくまでも、たったひとりの敵を見《み》据《す》えている。

「まいる」

気合いを発し、袈裟懸《けさが》けに斬りつけた。

――がつっ。

石渡は弾《はじ》かず、初太刀《しょだち》を十字に受ける。

受けると同時に身を寄せ、鍔迫《つばぜ》り合《あ》いに持ちこもうとした。

吸いついたら離れぬ続飯付《そくいづ》けは、馬庭念流の奥義にほかならない。

離れずに徐々に優位な体勢を取り、こちらを動けぬようにしてから、圧《へ》し斬《き》りにかかるのだ。

「ふん」

石渡はからだの重みを利用し、上から乗りかかってきた。

が、又兵衛には通用しない。

絶妙の間で力を抜き、空《す》かしながら身を引いた。

「ぬくっ」

石渡はたたらを踏みながらも、どうにか踏みとどまる。

正面に又兵衛をとらえ、剛刀を真上に振りあげた。

繰りだそうとする技は岩斬《いわき》り、流祖が木刀で巨岩を一刀両断にしたという秘技であろう。

泥臭い馬庭念流は防御《ぼうぎょ》を旨《むね》とし、実戦では最強と目されている。

屈強な力を持つ練達者《れんたつしゃ》のなかには、正真正銘、岩を両断できる者もあった。

又兵衛は一度だけ、そうした達人と道場で立ちあったことがある。

まともに一撃を受けた瞬間、両肩の関節が外れかけた。

大上段の一撃は受けてはならない。そのことを学んだのだ。

「南無八幡《なむはちまん》、死ねっ」

石渡は叫んだ。

まるで、紅《あか》い口を開けた百舌鳥《もず》のようだ。

刃音とともに、真上から鋼《はがね》の切っ先が落ちてくる。

けっして、まともに受けてはならぬ。

鎬《しのぎ》で弾いた一動作で、突きに転じねば勝ちはない。

——がっ。

鎬に弾かれた相手の刀は空を斬り、兼定の鋭い先端は相手の喉仏を貫いた。

——ずぼっ。

刀を引き抜くや、夥《おびただ》しい返り血が噴きだしてくる。

又兵衛はこれを巧《たく》みに避け、腰を抜かした破落戸の首を刎《は》ねにかかった。

「ひっ」

くるっと切っ先を返し、峰《みね》打《う》ちで昏倒させる。

凄惨《せいさん》な光景を目《ま》の当たりにし、長元坊を囲む連中も動きを止めた。

又兵衛は血濡れた白刃《はくじん》を掲げ、腹の底から声を絞《しぼ》りだす。

「こやつの屍骸《むくろ》を持って去れ。去る者は追わぬ」

もはや、刃向かう者はいない。

破落戸どもは、ひとり残らず立ち去った。

石渡の屍骸が消えたあとには、血溜《ちだ》まりができている。

もちろん、これで終わりではない。ここからが本番なのだと、又兵衛はみずからに言い聞かせた。

十二

三人は甚内橋を渡り、八軒《はちけん》屋敷《やしき》と呼ばれる露地を抜けて左手に折れ、まっすぐ三味線堀へ向かった。

七右衛門によれば、勘定吟味役の糸山右京は刀剣を蒐集《しゅうしゅう》しているという。やわな勘定役人ではなく、小野派一刀流《おのはいっとうりゅう》の遣い手でもあると聞いていたので、又兵衛は気合いを入れなおさねばならなかった。

――ぱしゃっ。

轉軫橋《てんじんばし》のそばに、水飛沫《みずしぶき》があがる。

「鯉《こい》でも跳ねたか」

長元坊が暢気《のんき》につぶやいた。

糸山屋敷は堀の手前にある。

大身旗本の屋敷だけがまとまった一角だ。

さっそく足を向けてみると、はたして、門は開かれていた。

案内役は南原勝之進、主税を強引に連れていった徒目付である。

又兵衛だけが内へ導かれ、長元坊と七右衛門は門の外で待たされるはめになった。

「飛んで火に入る何とやら」

表口まで達し、南原はぽろりと漏らす。

「義父はどうしておる」

質しても応じず、薄く嘲笑うだけだ。

やはり、南原は糸山の子飼いなのであろう。

廊下を何度か曲がり、離室《はなれ》へと連れていかれた。

裏庭に面した十畳間で待っていたのは、太い眉を怒らせた糸山右京である。

上座で脇息《きようそく》にもたれ、つまらなそうにこちらを睨《ね》めつけた。

かたわらには、狡猾な狐の桔梗屋が侍《はべ》っている。

「よくぞ、待ちぶせの網《あみ》を突破なされた。さすが、見込んだとおりの御仁だ。糸山さま、あちらが平手又兵衛さまにござります」

「強欲な木っ端役人め、帳面は携えてまいったのか」

「これに」

高飛車に問われても動じず、又兵衛は襟《えり》をすっと開いてみせる。

帳面らしきものが、ちらりと覗いた。

「それを寄こせ」

「お約束のものを」

「ふん、小面憎《こづらにく》いやつめ」

糸山が下座の南原に顎をしゃくると、又兵衛の左手に座る桔梗屋の背後の襖《ふすま》が開いた。千両箱がふたつ置いてあり、かたわらには後ろ手に縛られた主税が座っている。

「あっ、義父上」

「ん、誰じゃ、おぬしは」

惚けた顔があまりに可笑《おか》しいのか、糸山は笑いだす。

主税は怒って、口角泡《こうかくあわ》を飛ばした。

「何度も言うたであろう、おぬしらの調略には乗らぬぞ。それにな、わしとはなしがしたいなら、もっと上のやつを出せ。黒田官兵衛はどうした、早う隻眼《せきがん》の軍師を呼んでこい」

「莫迦め、隻眼の軍師は山本勘助《やまもとかんすけ》であろうが」

糸山が応じても、主税は言い返さない。

すやすやと、気持ちよさそうに鼾《いびき》を掻いている。

どうやら縛られたまま、眠ってしまったようだ。

糸山は笑いを収め、こちらに向きなおる。

「刀を盗まれた惚け隠居が、おぬしの義父であったとはな。それで、わしに近づいたまことの狙いを申してみよ」

「狙いは金子にござる。ついでに義父も返してもらえれば、それに越したことはございませぬ」

「ふうん、ついでにか」

「ご覧のとおりのお荷物ゆえ、置いていってもよいのであれば、そうしたいのが山々にござる。されど、ご迷惑では」

「たしかに、迷惑だな。しかも、裁きに掛ければ、失うもののほうが多い」

糸山は立ちあがり、床の間の刀掛けから華美《かび》な拵《こしら》えの刀を取る。すらりと白刃を鞘走《さやばし》らせ、棟区《むねまち》から切っ先まで嘗めるように眺めた。

「わかるか、保昌貞継じゃ。ひと目で気に入ってのう。この刀ならば千両箱ひとつの価値はある」

「まさか、ご自身のものになさるおつもりではござるまいな」

「いかぬか、おぬしの返答次第では、枡屋を斬った証しの刀として詮議《せんぎ》に掛けることもできるのだぞ」

「どういうことにござりましょう」

「刀の持ち主には、厳しい御沙汰《おさた》が下されよう。おぬしとて、御役御免では済まされぬかもしれぬ」

「されど、その刀を使って枡屋を亡き者にしろと命じたのは、いったい、どなたでござりましょうか」

「わしを疑っておるのか。さようなこと、おぬしに証《あか》し立《だ》てできまい」

又兵衛は居ずまいを正す。

「それがしに、どうせよと」

「本来なら消えてほしいところじゃが、おぬしの腕と胆《きも》の太さを見込んで、子飼いにしてやってもよい。まずは帳面を渡し、この銘刀を献上いたせ。さすれば、あそこにある千両箱と惚け隠居と、どちらを取るか選ばせてやる」

「仰ることが、よくわかりませぬ。千両箱を選んだら、義父はどうするおつもりか」

「ふふ、腹でも切らせるか。惚け隠居が消えて千両箱が手にはいれば、おぬしも一挙両得ではないか」

「戯言《ざれごと》はそのくらいにしていただきましょう。とりあえず、義父の縄を解いてくだされ」

「ふん、それほど惚け隠居を助けたいのか。殊勝《しゆしよう》な息子よのう」

糸山は顎をしゃくり、南原に命じて縄を解かせた。

主税はふいに目を覚まし、上座のほうへ顔を向ける。

「ん、官兵衛か。おぬしが手にしておるのは保昌貞継、我が都築家に代々伝わる宝刀ではないか。おぬし、貞継を盗む気か」

「戦利品じゃ。おぬしは戦さに負けたのじゃ」

「さて、どうかな。わしには義理の息子がひとりおる。そやつが滅法《めっぽう》強い男でな、生まれつき曲がったことが大嫌いで、悪党とみれば格上の相手であっても、けっして容赦《ようしゃ》はせぬ。官兵衛よ、そうやって余裕をこいていられるのも今のうちじゃ」

主税は立ちあがり、一歩進むごとに、ぶっ、ぶっと屁《ひ》を放った。

「うわっ、臭《くさ》っ」

みなが鼻を摘まんだ間隙《かんげき》を衝《つ》き、又兵衛は前触れもなく跳躍する。

座った状態から飛蝗《ばった》のように跳ね、中空《ちゆうくう》で兼定を抜きはなった。

香取神道流の奥義、抜きつけの剣にほかならない。

「ぬわっ」

糸山は仰《の》け反《ぞ》り、貞継を不動《ふどう》の構えで立てた。

剣のおぼえがあるので、咄嗟《とっさ》に受けのかたちを取ったのだ。

が、又兵衛の兼定は防《ふせぎ》を擦りぬけ、相手の左耳を串刺《くしざ》しにした。

「ひゃっ」

糸山は尻餅《しりもち》をつき、後ろ頭を床柱《とこばしら》に叩きつける。

——ごつっ。

白目を剥いた。

耳からは血が滴《したた》っている。

「糸山さま」

立ちあがった南原の面前へ、何と主税が立ちふさがる。

素早く身を寄せ、南原の脇差《わきざし》を奪うや、手甲《てこう》の筋を裂いてみせた。

「うえっ」

叫んだのは桔梗屋だ。

這いつくばった襟首《えりくび》を、主税が後ろから鷲摑《わしづか》みにする。

「悪党め」

凛然《りんぜん》と発するや、脇差の柄頭を脳天に叩き落とした。

ついでに、畳に転がる南原も峰打ちにし、昏倒させてしまう。

あまりに鮮やかすぎる手並みに、又兵衛は舌を巻かざるを得ない。

主税は満足げに胸を反らし、脇差を畳に抛《ほう》った。

「ぬはは、又兵衛よ、わしらの勝ちじゃ。見事に敵を謀《たばか》ったであろう」

あいかわらず、どこまでが正気かわからぬ御仁だ。されど、よくよく考えてみれば、正気な隠居にはできぬことかもしれぬと、又兵衛はおもった。

十三

十日経った。

散策がてら神社仏閣《じんじゃぶっかく》を訪れると、境内に植えられた木々の青葉が目に染みる。

勘定吟味役の糸山右京と徒目付の南原勝之進は腹を切り、札差の桔梗屋伝蔵には斬首の沙汰が下った。

双方とも理由は判然としない。お役目不首尾《ふしゅび》とか不如意《ふにょい》とか、法外な金利で貸付をおこなっていたとか、いずれにしろ、猿屋町会所で不正がおこなわれていたことや、枡屋殺しとの関わりには触れられていなかった。

幕府の威信を貶《おとし》めるような悪行は、けっして表沙汰にしてはならぬ。予想どおりの顚末《てんまつ》とは申せ、そのあたりの厳格さは徹底している。したがって、又兵衛の手柄も無かったことにされたが、その代わり、刀を盗まれた主税の罪は不問とされ、保昌貞継も戻ってきた。

ところが、せっかく戻った刀を、主税はあっさり手放した。

無縁仏の供養《くよう》になればと、七右衛門の店で金子に換え、金子をすべて芝切通の青竜寺へ寄進《きしん》したのである。

「見上げたもんだぜ。世俗の垢にまみれたおれにゃ、とていまねができねえ」

長元坊は燗酒《かんざけ》を呑みながら、楽しげに主税のことを肴《さかな》にする。

又兵衛は品川宿まで足を延ばし、長元坊に誘われるがまま、屋根看板に黒い鯨《くじら》の絵が描かれた『勇魚屋《いさなや》』にはいった。ところは目黒川に架かる中ノ橋《なかのはし》の手前、洲崎の漁師町にも近い沿岸の一角である。

あいかわらず、見世は大勢の常連で賑《にぎ》わっていた。

胡麻塩頭《ごましおあたま》の親爺が、大皿で赤や白の肉を運んでくる。

長元坊は白い肉を箸《はし》で掬《すく》い、煎《い》り酒《ざけ》に浸して口に入れた。

「美味《うめ》え」

さえずりと呼ぶ舌であろう。

赤と白が鮮やかな対比をなすのは、下顎から臍《へそ》の手前までの畝須《うねす》。霜降《しもふ》りの肉は鰭《ひれ》から尾にかけての尾《お》の身《み》。部位によって肉の味わいは異なり、さまざまな食感を楽しむことができる。

長元坊は精のつく雄《おす》の「たけり」を食べ、にんまりと笑う。

「うほっ、これこれ」

又兵衛も箸をつけた。なるほど、歯ごたえがたまらない。

鯨は肉だけでなく、皮も骨も食べられる。塩漬けにしたり、煮汁にしたりするのだ。締めには「さえずり」の出汁《だし》で大根や蒟蒻などを煮た鍋《なべ》を食い、布袋《ほてい》並みに膨《ふく》れた腹を抱えて見世を出た。

「へへ、品川くんだりまで来た甲斐《かい》があったぜ」

後ろには洲崎の弁天社《べんてんしゃ》がみえ、洲崎の向こうには真っ青な海がひろがっている。

青海原に白い帆船が浮かぶ光景は、いつまで眺めていても飽きない。

「それにしても、おめえはお人好《ひとよ》しだな」

長元坊に頼み、おしのという女郎が移ったさきを突きとめてもらった。

元結に絡めてあった文を手渡したいとおもったからだ。

「そんなもんを渡されて、嬉しいのかね」

そもそも、受けとってもらえるかどうかもわからない。

不安と期待を半々に抱えながら、又兵衛は中ノ橋を渡った。

宿場の往来はこのさき、紅葉《もみじ》の名所でもある鮫洲《さめず》の海晏寺《かいあんじ》までつづく。

おしのが移ったさきは、南品川二丁目の問屋場《といやば》から海寄りに一本はいった露地裏にあった。以前の陣屋横丁と同様、淫靡な空気の漂うなかに長屋風の女郎屋が沈んでいる。

「情夫は交喙《いすか》の音次《おとじ》、口先のひん曲がった優男《やさおとこ》らしいぜ」

新たな女郎屋を容易に捜しあて、このところは頻繁に顔をみせているらしい。

「おしのにもわかってるはずさ。このまま切れずにいたら、食い物にされちまうだけだってな。それでも、切れねえのが男と女の腐れ縁てやつだ。他人がどうこう、口出しすることでもねえ」

長元坊に言われなくともわかっている。だが、おしのが心の底から別れたがっているのなら、はなしは別だった。たぶん、相馬斧次郎であったならば、黙っていられないに決まっている。

「さあ、あそこだ」

長元坊は坊主頭を振り、頑丈そうな顎をしゃくった。

「抱え主とは、はなしをつけてある。本人さえ望めば、会っていいそうだぜ」

背中を押されても、足が容易に出ない。

余計なことをするなと、相馬に叱られるような気がしたからだ。

「常世《とこよ》の御仁も決まりをつけてえはずだぜ。この世に未練を残したままじゃ、安心して成仏もできねえ。それじゃ、あんまりだろう」

「そうだな」

「さあ、行ってこい。女郎のまことなんぞ、信じた男は莫迦をみる。ただな、そいつを確かめてくりゃいいんだよ」

もう一度背中を押され、又兵衛は歩きだした。

向かおうとした部屋から、窶《やつ》れきったおなごが出てくる。

洗濯でもしようとおもったのか、手桶《ておけ》と洗い物を抱えていた。

「おしのさんか」

意を決して声を掛けると、表情のない顔が向けられた。

「どなたですか。どうして、わたしの名を」

「名乗るような者ではない。ただ、これを渡そうとおもうてな」

又兵衛はそっと近づき、文を差しだした。

おしのは小首をかしげ、受けとった文に目を通す。

――相馬さまを恋い慕い、逢瀬を指折り数えてお待ち申しあげております。

もちろん、自分の筆跡を忘れるはずはあるまい。

「……こ、これは」

「とある男が紙縒にして、元結に絡めておいたものだ。裏には返事がしたためてある」

「えっ」

おしのは文を裏返し、目を通した途端、小刻《こきざ》みに肩を震わせはじめた。

「……お、おしのよ、わしにはおまえしかおらぬ……こ、これは相馬さまが書かれたのですか」

「ああ、そうだ。相馬は返事をしたためたが、おぬしに手渡すことができなかった。恋い慕う相手に渡る見込みのない文を後生大事に携え、お守り代わりに元結に巻きつけておいたのだ」

おしのは狼狽《うろた》え、声をあげずに泣きだした。

「……そ、相馬さまは……お、お亡くなりになったのですね」

「おぬしを身請けし、ひとつ屋根の下で暮らしたかったにちがいない。おそらくはそれが、相馬斧次郎の描いたささやかな夢であった。かなえてやりたかったと、わしの義父《ちち》もしみじみと仰《おお》せになった」

「……お、お義父上《ちちうえ》さまが」

相馬は元幕臣でな、義父のためにずいぶんと尽くしてくれたらしい。他人を大事におもう気持ちが、誰よりも深かったにちがいない。相馬は幼い頃、疱瘡《ほうそう》を患った。顔に痘痕《あばた》が残ったせいで、外見に引け目を感じるようになった。痘痕の残った面相《めんそう》も、引っ込み思案な性分も、たぶん、おぬしなら気にせずに受けとめてくれるとおもったのであろう」

「……そ、相馬さま……ご、ごめんなさい……う、うう」

おしのは嗚咽《おえつ》を漏らし、その場にしゃがみ込んでしまう。

と、そこへ、口先のひん曲がった優男がふらりとあらわれた。

情夫《じょうふ》の音次だ。

「おっと、客か」

馴《な》れ馴《な》れしい口をきき、三白眼に睨めつけてくる。

「おしの、何で泣いてんだ。そこのさんぴんに泣かされたのか」

「うるさい、あんたにゃ関わりのないことだよ」

「あんだと、こら。てめえ、口の利き方を教えてやろうか」

又兵衛がすぐそばにいるにもかかわらず、素早く近づくや、おしのの髷を片手で摑む。

ぐいっと力任せに引きあげ、頰を平手で打とうとした。

又兵衛は身を寄せ、音次の手首を摑むや、くいっと捻《ひね》る。

「痛っ……は、放しやがれ、この野郎」

ぱっと放してやると、音次は懐中に手を入れて身構えた。

「頭にきたぜ。交喙の音次を嘗めたら、後悔させてやるかんな」

無謀にも匕首《あいくち》を抜き、突きかかってこようとする。

「やめて」

おしのが叫んだ。

「このお方は何にも悪くないんだよ」

「うるせえ。てめえは、おれの女だろうが」

「ちがうよ、わたしはあんたの女じゃない」

「あんだと」

「わたしにはね、決めたおひとがいるんだ。あんたとは切れる。今日でおさらばだよ」

「このあま、図に乗りやがって」

音次は激昂《げっこう》し、匕首を頭上に掲げた。

その手を、後ろから大男が摑む。

長元坊であった。

「又よ、おめえが手を下すまでもねえ。性根の腐った野郎にゃ、痛え目をみさせるっきゃねえんだ」

音次は驚く間もなかった。

搦《から》めとられた右腕を、ぼきっと粗朶《そだ》のように折られたのだ。

「うひっ」

あまりの痛さに声もあげられず、音次は気を失ってしまった。

「こいつは博打に手を染めていやがる。又よ、きっちり裁けばどうなる」

「遠島《えんとう》だな。野田博打《のでんばくち》の常連なら、八丈島送りの沙汰が下されよう」

「そっちさえよけりゃ、こいつの始末はおれのほうでやっておくぜ」

長元坊に念押しされ、おしのはしっかりとうなずいた。

「お願いします。この文さえあれば、わたしはひとりでも生きていけます」

相馬斧次郎に聞かせてやりたかった。

――どおん。

遠くのほうで鳴ったのは、撃《う》ち初《ぞ》めの筒音《つつおと》であろうか。

品川辺には大名屋敷も点在するので、何処かの藩が筒撃ちの稽古《けいこ》をしているのかもしれない。

「祝砲《しゅくほう》だな」

長元坊の言うとおりだ。

主税の刀に導かれ、こんなところまでやってきた。

この世の地獄に堕ちた女郎にも、まことはある。

見上げれば快晴の空に、白い鷗《かもめ》が旋回《せんかい》していた。

まるで、相馬が飛んできたかのようだ。

「これでよかったのか」

海原へ遠ざかる鷗に向かって、又兵衛はそっと囁いた。

おきく二十四

一

亀戸天神《かめいどてんじん》の藤《ふじ》も盛りを過ぎ、八丁堀には薫風《くんぷう》が吹いている。

又兵衛はふとおもいたち、鎧《よろい》の渡《わた》しから小舟を仕立てて大川を横切った。万年橋《まんねんばし》の手前へ小舟の舳先《へさき》を入れさせ、小名木川《おなぎがわ》をゆったりと東へ漕《こ》ぎすすむ。新高橋《しんたかばし》を過ぎて大横川《おおよこがわ》と交《まじ》わる猿江河岸《さるえがし》まで進み、陸《おか》にあがって摩利支天宮《まりしてんぐう》の鳥居をめざした。

手には五合徳利《どくり》をぶらさげている。

めざすさきは剣術の師匠、小見川一心斎の道場だ。

雲ひとつない青空のもと、大名家の下屋敷なども散見されるが、行く手には水の張られた田圃《たんぼ》がひろがっていた。畦道《あぜみち》には白くて細かい芹《せり》の花が咲いており、古い社《やしろ》のある雑木林からは鳥の声が聞こえてくる。

――きょっ、きょろい、つぃー。

黒鶫《くろつぐみ》であろうか。

数寄屋橋や八丁堀では、あまり耳にしない鳴き声だ。

足を止めて耳を澄《す》ませば、さまざまな鳥の声が聞こえてくる。

「つーつぴーは山雀《やまがら》で、ぽぽぽっと鳴くのは筒鳥《つつどり》か」

朝未《あさまだ》きであれば、郭公《かっこう》や駒鳥《こまどり》の鳴き声も耳にできるかもしれない。

又兵衛は田圃と雑木林を抜け、摩利支天宮の門前から猿江裏町《さるえうらまち》の露地裏《ろじうら》へ向かった。そして、朽《く》ちかけた屋敷の門前に立ち、外された看板の黒ずんだ痕跡《こんせき》をみつめる。

四年前までは「香取神道流　小見川道場」という看板が掛かっていた。最後の弟子となった又兵衛は一心斎から道場を継《つ》いでほしいと請《こ》われたが、いくら何でも町奉行所の与力とは両立できぬので断った。

一心斎は恩ある師だが、まことに強いのかどうかは今もよくわからない。何しろ、直《じか》に立ちあったことがなかった。剣の心得や剣豪の生き様などは耳に胼胝《たこ》ができるほど聞かされたものの、竹刀《しない》を直に交えたことがないのだ。

しかも、剣の道をひたすら進む求道者ではない。還暦《かんれき》を疾《と》うに過ぎているにもかかわらず、呑《の》む打つ買うの三道楽煩悩《さんどらぼんのう》から離れられず、顔を出せば金の無心をされた。それゆえ、足も遠退《とおの》いてしまうのだが、何故《なぜ》か時折、無性に顔をみたくなる。

肉親の情に似たものを感じているのかもしれない。

静香を引きあわせてくれたのも、一心斎であった。

「所帯を持てば、おぬしも少しはしゃんとしよう」

などと偉そうに忠告されたときは、あんたに言われたくはないと、胸の裡《うち》でこたえておいた。

もっとも、静香については感謝している。気遣《きづか》いのできる可愛い娘だし、おまけでくっついてきた双親《ふたおや》も負担になるどころか、生きる張り合いのようなものを与えてもらっていた。

朽ちかけた門を潜《くぐ》ると庭があり、爽《さわ》やかな香りにつられて見上げれば、真っ白な花が枝いっぱいに咲いている。

「柚子《ゆず》の花か」

しばらく佇《たたず》んで香りを堪能《たんのう》し、表口に踏みこんで声を張った。

「先生、お邪魔いたします」

奥に人の気配が立ち、小柄な人影が小走りでやってくる。

「おいでなされまし」

ぺこりと頭をさげたのは、網代格子《あじろごうし》の古手《ふるて》を着た垢抜《あかぬ》けない娘であった。

「旦那さまは留守や」

「旦那さま」

「そうや。一心斎さまは、わての旦那さまや。あんたは誰」

「弟子の平手又兵衛だ」

「お弟子さん。旦那さまに何の用や」

「別に用はないが、これを持ってまいった」

五合徳利を持ちあげると、娘は瞳を輝かせる。

「おぬし、名は」

「きく、齢《とし》は二十四」

「まことか」

せいぜい、十六、七にしかみえない。

いずれにしろ、上方訛《かみがたなま》りの抜けぬ山出《やまだ》し娘だ。

「雑木林に、鵤《いかる》がおったやろう」

「鶍とは三光鳥《さんこうちょう》のことか」

「そうや」

つきひいーほしと聞こえる鳴き声から、月日星《つきひほし》で三光鳥の異名がある。角張った黄色い嘴《くちばし》で木の実を転がして食べるので「まめころがし」などとも呼ばれているようだが、又兵衛はこのあたりで目にしたことがなかった。

「鶍がおるのか」

「そうや、つきひーほし、つきひーほし」

鳴き真似《まね》をする顔は、童女の面影《おもかげ》を宿《やど》している。

「道場にはいつからおる」

「半月前からや」

摩利支天宮の境内《けいだい》で破落戸《ごろつき》に絡まれていたところを、偶《たま》さか居合わせた一心斎に救われたらしい。戻る家もないので、救われたその日から道場に居座った。掃除に洗濯に飯炊《めした》き、できることは何でもやっていると、おきくは胸を張る。

驚いたのも束《つか》の間《ま》、釣《つ》り竿《ざお》を担《かつ》いだ一心斎が帰ってきた。

「よう、又兵衛か」

「先生、これはいったい、どういうことにござりましょうか」

「ん、何が」

「おきくという娘のことにございます」

「そやつはな、女房じゃ」

「えっ」

「目ん玉が飛びだしたな。ふふ、おぬしのその顔がみたかったのじゃ」

「戯言《ざれごと》はおやめください」

「戯言ではないぞ。孫ほども年は離れておるが、好いたおなごを嫁にしてはならぬという法度《はっと》はあるまい。それにな、わしはまだくたばらぬ。おきくが来てから、ほれ、このとおり、十《とお》も若返ってしもうたわ、ぬひゃひゃ」

見掛けは白髪頭の皺顔《しわがお》で、以前とさほど変わっていない。されど、言われてみれば、目の輝きがちがう。肌の色も心なしか艶《つや》めいていた。

「旦那さま、恥ずかしいから止めてんか」

おきくは頰《ほお》を赤らめ、奥へ引っこんでしまう。

「まあ、あがっていけ」

「はい」

又兵衛は履き物を脱ぎ、奥の客間へ向かった。

一心斎は魚籃《びく》から釣った魚を摑《つか》み、自慢げにみせる。

「野鯉《のごい》じゃ。鯉こくにして、おきくに精をつけさせようとおもうてな。この齢で子ができたら、おぬしも腰を抜かすであろう、ぬひゃひゃ」

裏の勝手に連れていかれ、又兵衛は包丁《ほうちょう》を持たされた。

「おぬしがさばいてくれ」

「はあ」

詮方《せんかた》あるまい。

俎板《まないた》に生きた鯉を載せ、目玉をふさいで包丁の背で眉間《みけん》を叩く。

薄い鱗《うろこ》は落とさず、皮と身のあいだに包丁を入れて三枚におろした。

手馴《てな》れたものだ。身は厚めの羽切りにし、冷たい水で素早く洗う。

とりあえずは、肴《さかな》にする鯉の洗いができた。

「残りは煮物でも鯉こくでも、お好きなように」

湯を沸《わ》かすおきくに言い置き、皿を抱えて客間へ戻る。

魚臭《さかなくさ》い手で徳利の栓《せん》を抜き、ぐい吞《の》みに酒を注いでやった。

一心斎は美味《うま》そうに酒を吞み、鯉の洗いを酢味噌《すみそ》で食べる。

「これじゃな、生きておるとはこういうことじゃ」

「大袈裟《おおげさ》にございますな」

酒をぐいぐい呑み、一心斎は急に顔を曇らせた。

「おきくは哀れな娘でな」

大和国《やまとのくに》の山深い里の百姓家に生まれたが、今から五年前、重い年貢と飢饉《ききん》による逃散《ちょうさん》で村ごと消えてしまった。

「双親が村を捨てる際、口減らしで山女衒《やまぜげん》に売ったのじゃ。一両じゃぞ。おきくはな、たった一両で売られたのじゃ」

宿場女郎《しゆくばじよろう》となって東海道沿いの宿場を転々とし、半年ほど前、おきくは江戸へ流れついた。しばらくは品川宿の旅籠《はたご》で世話になり、住みこみの下女となって糊口《ここう》をしのいだが、長くはつづかなかったという。

「好きなだけここに居てもかまわぬと、わしはおきくに言うてやった。じつは、手許《てもと》に置いておきたいばっかりに嘘《うそ》を吐《つ》いてな」

一千両ほどのお宝を隠していると、寝物語に囁《ささや》いてしまったらしい。

「おきくはな、金品が目当てではないと言うてくれた。わしのそばにおるだけで幸せなのじゃと申す。嘘でも嬉しかろう。のう、又兵衛」

「はあ」

曖昧《あいまい》な返事をしながら、又兵衛は不安を募《つの》らせた。

嘘を吐いたことは、折をみて謝ればよかろう。ただ、おきくはどう考えても、寝食を得るために一心斎を利用しているとしかおもえない。どっちにしろ、さほど遠くない時期に、ここから出ていくような気がする。そのとき、一心斎が魂《たましい》の抜《ぬ》け殻《がら》にならねばよいがと案じたのだ。

「まあ、呑め」

師に注がれた酒は苦い味がした。

せめて、ひと夏くらいは保《も》ってほしいと、又兵衛は願わずにいられなかった。

二

今日は端午《たんご》の節句《せっく》、八丁堀の露地裏では男の子たちが菖蒲刀《しょうぶとう》で地べたを打ち、音の大きさを競《きそ》いあっている。

幼《おさな》い頃の自分をみているようで、又兵衛は懐《なつ》かしい気分になった。

静香は主税と亀を連れ、赤坂御門《あかさかごもん》内の山王権現《さんのうごんげん》へ詣《もう》でるという。武運長久《ぶうんちょうきゅう》を祈念《きねん》する「湯花《ゆばな》の焚火《たきび》」なる神事が催《もよお》されるためだ。神前に三つの大釜《おおがま》を設《しつら》え、ぐらぐらと湯を沸かす。神憑《かみがか》った巫女《みこ》たちが呪文《じゅもん》を唱《とな》えながら熊笹《くまざさ》を熱湯に入れ、手を合わせる者たちに降りそそぐのだという。

家々の軒先《のきさき》には湿気取りの蒼朮《そうじゅつ》が焚《た》かれ、大屋根には鯉幟《こいのぼり》や吹き流しがたなびいている。常と異なる節句の光景は出仕《しゅっし》する小役人の心をも躍《おど》らせたが、奉行所内はこのところ「数珠掛《じゅずか》け小僧《こぞう》」という盗人《ぬすっと》一味のはなしで持ちきりになっていた。

「巷間《こうかん》では、義賊仁盗《ぎぞくじんとう》などと噂《うわさ》されておるらしいぞ」

興味津々《きょうみしんしん》の顔で囁くのは、部屋頭《へやがしら》の中村角馬である。

三つ年上の小心者は噂話が三度の飯よりも好物で、又兵衛が興味なさそうな顔をしても、おかまいなしに喋《しゃべ》りつづけた。

「酒問屋に薬種問屋《やくしゅどんや》に呉服問屋、大名家の御用達《ごようたし》が半年足らずで三軒もやられた」

金蔵の金がごっそり盗まれ、三軒とも商売をつづけられなくなり、店をたたまざるを得なくなったという。

「しかも、盗んだ金は貧乏長屋に気前よくばらまいてみせる。金を恵んでもらった連中は、世直しじゃ、世直し大明神《だいみょうじん》じゃと大喜びではしゃぎまわり、数珠掛け小僧と書いた御札を神棚に祀《まつ》るほどだとか」

米価や諸色《しょしき》の値上がりを尻目に、老中首座の水野忠成《みずのただあきら》は公方家斉の放埒《ほうらつ》ぶりを許し、賄賂《わいろ》と依怙贔屓《えこひいき》の横行する悪夢のような政事《まつりごと》をおこなっている。失政を諫《いさ》める取りまきもおらず、世知辛《せちがら》い世情をおもえば、盗人を「世直し大明神」と呼びたくなる気持ちもわからぬではない。驕《おご》り高ぶる者たちを懲《こ》らしめたい庶民の願望が込められているのだろうと、又兵衛はおもった。

「されど、盗人は盗人。義賊だろうが、仁盗だろうが、十手を預かる役人は心を鬼にして挑《いど》まねばならぬ」

などと、中村は格好つけてみせるものの、例繰方に期待する者など奉行所内にひとりもいない。

ただ、このところ、数合わせで駆りだされることはよくあった。

上から出役《しゅつやく》を命じられたのは、日もかたむきかけた頃合いである。

「わしらも出張《でば》らねばならぬ。狙う賊はほかでもない、数珠掛け小僧だ」

中村は力みかえり、配下の同心たちに訓示《くんじ》した。

聞くところによれば、番屋に詰める小者のもとへ密訴《みっそ》があり、今宵《こよい》、深川六間堀町《ふかがわろっけんぼりちょう》の油問屋が狙われるかもしれぬという。

仲間を売ろうとする密訴のたぐいはけっこうあるが、八割方は眉《まゆ》に唾《つば》を付けて聞いておかねばならぬ。どうせ今宵もその口だろうと、上の連中も安易に考え、さほど人数を割《さ》かずに、形ばかりの態勢でのぞもうとしているようだった。数合わせにすぎぬ例繰方にしてみれば迷惑なはなしだが、中村だけは手柄をあげようと意気込んでおり、肩に異様なほどの力がはいっていた。

夜を待って捕《と》り物装束《ものしようぞく》に身を固め、奉行所を出てからは本隊と分かれて新大橋を渡った。渡ったさきの広大な空き地は御籾蔵《おもみぐら》で、少し南へ歩けば小名木川の注ぎ口に行きつく。柾木稲荷《まさきいなり》からも見下ろすことのできる万年橋のたもとは、島流しの流人船《るにんぶね》が出帆《しゆつぱん》するところだ。

往来を挟んで柾木稲荷の対面には、かつて芭蕉庵《ばしようあん》があった。芭蕉庵跡から小名木川に沿って少しだけ東へ進むと、六間堀川《ろつけんぼりかわ》へたどりつく。幅六間《けん》の堀川は小名木川と竪川《たてかわ》を南北に貫《つらぬ》いており、日中は数多《あまた》の荷船が行《ゆ》き交《か》っていた。

堀川に架かる橋は南から、細川橋《ほそかわばし》、猿子橋《さるこはし》、中橋《なかばし》、北之橋《きたのはし》とつづく。堀川は南六間堀町《みなみろつけんぼりちよう》のさきで二股に分かれ、右手斜め上方へは五間堀《ごけんぼり》が延びている。中橋と北之橋のあいだ、東河岸から少し歩けば、森下富士《もりしたふじ》を擁《よう》する泉養寺《せんようじ》があった。

盗人一味に狙われた油問屋は和泉屋久右衛門《いずみやきゆうえもん》、北之橋を渡ったさきの西河岸にある。後詰めの例繰方はいったん泉養寺の境内へ向かい、熔岩《ようがん》を積んで築いた富士塚《ふじづか》の麓《ふもと》で指示を待たねばならなかった。

すでに亥ノ刻《いのこく》（午後十時頃）を過ぎ、あたりはすっかり闇に包まれている。

か細い月は心許《こころもと》なく、同心たちは山狗《やまいぬ》の遠吠《とおぼ》えにびくついていた。

「いつまで待たせる気であろうな」

中村が溜息《ためいき》を吐《つ》いたので、又兵衛はやんわりとたしなめた。

「果報《かほう》は寝て待てと申しますよ」

「さような余裕はないぞ。ここは一番、大手柄をあげ、日頃から小莫迦《こばか》にしくさっておる連中の度肝《どぎも》を抜いてやるのだ。中村角馬ここにあり、というところをみせてやらねばならぬ」

「お気持ちはわかりますが、そうやって肩に力を入れすぎておると、いざというときに刀を抜けませぬぞ」

「なあに、案ずるな。それなりの鍛錬《たんれん》は積んでおる」

腰つきをみれば、鍛錬など積んでいないのはすぐにわかる。

又兵衛としては、剣戟《けんげき》で手柄をあげることよりも、盗人どもの狙いに関心があった。

何故、数ある商家のなかから油問屋の和泉屋を狙うのか。

この半年で襲われた三軒の商家を調べれば、こたえがみつかるかもしれない。

むしろ、そうした調べのほうで例繰方は役に立つべきではないかとおもうのだが、中村は目にみえる手柄を欲《ほっ》していた。

「平手よ、頭目《とうもく》の名を聞いたか」

「たしか、数珠掛けの喜惣治《きそうじ》とか」

よくあるはなしで、一味の呼び名は頭目の綽名《あだな》にちなんでいるらしい。

「どうして、数珠掛けと呼ばれておるのかわかるか」

「さあ」

「何年も前のはなしだが、喜惣治は上方で一度だけ捕まったことがあった。打ち首の沙汰《さた》を受け、土壇《どだん》で首を断《た》たれかけた。ところが、首斬り役人の手許が狂い、深傷《ふかで》を負っただけで首を断たれずに済んだ。同じことが二度もつづいたので、天命により恩赦《おんしゃ》が与えられた。首の古傷が数珠を掛けているようにみえるので、数珠掛けという綽名が付いたそうだ」

盗人にありがちな大仰《おおぎょう》な作り話であろう。だいいち、捕まったことがあるのなら、似面絵《にづらえ》の一枚くらいは残っていなければおかしい。

「わしは信じぬ。されど、世間の連中は大半が信じておる。神憑《かみがか》るとは、そういうことではないか。日々の暮らしにも困窮《こんきゅう》し、生きづらいとおもう者たちは、莫迦げた作り話でも縋《すが》りたくなる」

たしかに、そういうものかもしれぬと、又兵衛はおもった。

――ほっほっ、ほっほっ。

不気味な鳴き声は、青葉木菟《あおばずく》であろうか。

「数珠掛けの一味はな、鳥の鳴き声で合図を送りあうらしいぞ」

中村が声を震わせた。

と、そのときである。

橋の向こうで、わっと喊声《かんせい》が湧《わ》き起こった。

身構えていると、跫音《あしおと》がいくつか境内に紛《まぎ》れこんでくる。

「逃げたぞ、そっちだ」

役人のものらしき声も遠くのほうで聞こえた。

「追いこめ。後詰めの連中と挟み撃ちにせよ」

声の主はおそらく、吟味方筆頭与力の永倉左近であろう。

密訴のとおり、賊どもは和泉屋を襲ったのだ。そして、一部が永倉たちに追われて橋を渡り、寺へ逃れてきたにちがいない。

月が叢雲《むらくも》に隠れた。

「平手、来おったぞ」

言われなくともわかっている。

捕り物に馴れていない例繰方の同心たちは浮き足だった。

しかも、全部で七人いるはずだが、三人は用足しに行ったまま戻っていない。

小者も従《つ》けてもらえなかったので、待ち受ける数は与力ふたりと同心四人の六人しかいなかった。

「二手に分かれろ」

後ろに同心たちを残し、又兵衛は中村と駆けだす。

ちょうどそこへ、覆面に黒装束《くろしょうぞく》の盗人どもがやってきた。

三人いる。

又兵衛たちに気づいても、かまわずに駆けてくる。

途中でふたりは左右に離れ、まんなかのひとりだけが突っこんできた。

「逃すな」

中村が後ろの連中に叫んだ。

誰も返事をしない。
逃げ腰の同心たちに向かって、ふたつの影が突っこんでいく。
阻《はば》んでくれと願いつつ、又兵衛は目睫《もくしょう》に迫ったひとりに対峙《たいじ》した。
抜いた刀に輝きはない。刃引刀《はびきとう》なのだ。
「くそっ、抜けぬ」
隣の中村が柄《つか》を握ったまま、歯を食いしばっている。
やはり、肩に力がはいりすぎていた。
盗人は鋭角に向きを変え、又兵衛ではなく、中村に挑みかかっていく。
ぽんと土を蹴り、中空《ちゅうくう》で匕首《あいくち》を抜いた。
おそらく、二間は優に跳んだであろう。
――ばすっ。
一閃《いっせん》、中村が斬られた。
あっと、声をあげる暇《いとま》もない。
又兵衛が脇から斬りつけると、盗人は左腕の肘《ひじ》で刀を受けとめた。
――がつっ。
鉄の手甲《てっこう》を嵌《は》めている。

「猪口才《ちょこざい》な」

掠《かす》れ声とともに、匕首の先端が突きだされた。

これを鼻先で躱《かわ》し、右手にまわりこんで首筋を狙う。

「ん」

首の後ろに刀傷をみつけ、わずかに躊躇《ちゅうちょ》した。

すかさず、後ろ蹴りが飛んでくる。

「ぐふっ」

足の裏で鳩尾《みぞおち》を蹴られ、息が詰まった。

それでも、水平斬りを繰りだす。

――がきっ。

威力が弱く、匕首で受けとめられた。

「ぬぐっ」

鍔《つば》迫《ぜ》り合《あ》いになり、目と目が至近でかち合う。

さきほどの蹴りが効いており、腹に力がはいらない。

盗人はぱっと離れて背中をみせ、脱兎《だっと》のごとく駆けだした。

速い。

追いつけぬと判断し、又兵衛はがっくりと片膝《かたひざ》をついた。

「……ひ、平手」

中村が斬られたことをおもいだし、蹌踉《よろ》めきながらそばへ近づく。

大袈裟に痛がるわりに、傷は浅い。

振りむけば、同心たちも盗人ふたりを逃したようだった。

山門《さんもん》のほうから、遅ればせながら追捕《ついぶ》の連中がやってくる。

荒い息遣いであらわれたのは、捕り物の指揮を執《と》る「鬼左近」こと永倉だった。みつけた賊は七、八人あったが、蔵を荒らされたうえに、ことごとく逃してしまったらしい。どうにか寺の境内へ追いこんだ頼みの三人も逃したと知り、鬼左近は眦《まなじり》を吊りあげる。

「ちっ、役立たずめ」

捨て台詞《ぜりふ》が、ぐさりと胸に刺さった。

さすがの又兵衛も、不甲斐《ふがい》ない気分になる。

一歩踏みだそうとして、足の裏で何かを踏んだ。

地べたをみれば、数珠玉がいくつも落ちている。

「くそっ、あやつが数珠掛けの喜惣治だったのか」

中村が力無く悪態を吐《つ》いた。

たしかに、首の後ろには惨《むご》い傷痕《きずあと》があった。

「逃した獲物は大きいとは、まさにこのことだな」

又兵衛にしてはめずらしく、口惜《くちお》しげに唇《くちびる》を嚙《か》みしめた。

三

役立たずという評価は、一度ついたら払拭《ふっしょく》するのが難しい。

奉行所内では白い目でみられ、配下の同心たちは例繰方という役目を口にするのも憚《はばか》る様子だった。

「肩身の狭いおもいをさせてすまぬ」

中村は殊勝《しゅしょう》にも謝ってみせ、こうなれば例繰方で数珠掛け小僧を捕縛《ほばく》してみせると、できもしないことを口にし、同心たちからそっぽを向かれた。

盗人に傷を負わされたことはくれぐれも内密にと囁かれたが、こうしたことは何処《どこ》からか漏れ、すぐに伝わってしまう。夕方になると、奉行所内で知らぬ者はおらぬようになり、中村は周囲の目を気にしながらこそこそ帰宅していった。

又兵衛は吟味方に呼ばれ、一味の顔をみておらぬか質《ただ》された。手配書の似面絵を描く掛かりも呼ばれたものの、おぼえているのが切れ長の目だけでは似面絵を描くこともできなかった。

面相《めんそう》はわからずとも、鷹《たか》のような鋭い目つきだけは忘れられない。もう一度会えば本人と判別できる自信はあった。それに、喜惣治らしき男が口走った「猪口才な」という台詞も気になる。どう考えても、あれは侍が口にする台詞なのだ。侍以外の者ならば、あそこは「しゃらくせえ」であろう。

内与力の沢尻玄蕃からも呼びつけられ、御奉行の筒井伊賀守からお叱《しか》りを頂戴《ちょうだい》したと告げられた。後詰めゆえに気の緩《ゆる》みがあったのだろうと指摘されれば、至極《しごく》ごもっともにござりますと平伏《ひれふ》すしかない。

「口惜しければ、盗人一味を捕まえてみせるのだな」

と、仕舞《しま》いには沢尻に突きはなされ、むかっ腹が立った。

賊を逃した不手際がどうしたわけか、後詰めの例繰方だけに押しつけられているような気がした。

怒りの収まらぬまま御用部屋をあとにし、まだ陽のあるうちに帰り支度をまとめた。

奉行所の御門から外へ出ると、通りを挟んだ向こうから声が掛かってくる。

「鷭《ばん》の旦那、味噌蒟蒻《みそこんにゃく》をご馳走《ちそう》しやすよ」

獅子《しし》っ鼻《ぱな》の甚太郎だ。

かたわらでは、恋仲のおちよが招き猫のように右手をあげている。

胸の裡で舌打ちしながら、又兵衛は往来を横切った。

客もいない床几《しょうぎ》に座ると、甚太郎が蒟蒻の載った皿を持ってくる。

「はい、どうぞ。伺《うかが》いやしたよ、盗人どもを逃しちまったとか。部屋頭の中村さまは刀も抜けずに腰を抜かし、後詰めのせいで捕り方は大いに恥《はじ》を掻《か》かされたそうで。へへ、たいそう落ちこんでおられやしょうから、甘味噌《あまみそ》をたっぷり載っけておきやした」

「ふん、余計なお世話だ」

ひと口食べて、顔をしかめる。

「甚太郎よ、味噌が多ければよいというわけではないぞ。絶妙な塩梅《あんばい》というものがあるのだ」

「へえへえ、わかっておりやすがね、盗人を逃した旦那に言われたかねえな」

「何だと」

「お怒りですかい、旦那らしくもねえな。よろしかったら、この甚太郎、逃した獲物を捕まえるお手伝いをいたしやすぜ」

「ふん、おぬしに何ができる」

「おっと、こいつはご挨拶《あいさつ》だな。和泉屋が襲われると密訴した者の素姓《すじよう》、お知りになりたかござんせんか」

「知っておるのか」

身を乗りだすと、甚太郎は得意げに胸を張る。

「宿直《とのい》の小者に聞いたんですよ。密訴するやつと言ったら、たいていは盗人仲間の裏切り野郎と相場は決まっている。どっこい、ちがっておりやした」

「もったいぶるな、そやつの素姓を早く言え」

「へい、上方訛りの山出し娘だったそうで」

「上方訛りの山出し娘」

同じ台詞を繰りかえしたのは、又兵衛も意外におもったからだろう。

「名はおてん、へへ、妙ちくりんな名でやしょう」

ちょうどそこへ、心太《ところてん》売りの売り声が聞こえてくる。

――ところてん、かんてん。ところてん、かんてん。

甚太郎が小鼻を膨《ふく》らました。

「あの売り声、ひょっとしたら、山出し娘も聞いたかも」

だから、おてんなどという妙な偽名を口走ったのではないかと、又兵衛も甚太郎と同じおもいを抱いた。

突如《とつじょ》、胸の奥に不吉な風が吹きぬける。

理由はよくわからぬが、おてんと名乗った娘が盗人一味の正体を暴《あば》く鍵になるかもしれない。

「へへ、もうひと皿いかがです」

「いや、充分だ」

甚太郎とおちよに見送られ、重い足取りで夕暮れの往来をたどった。

酒が呑みたくなったので、弾正橋を渡らずに常盤町へ向かい、長元坊のもとを訪ねてみる。

すると、乾物《ひもの》のように干涸《ひか》らびた親爺《おやじ》が腰に長太い鍼《はり》を打たれていた。

「……い、痛え、先生、死んじまうよ」

「安心しろ、この程度じゃ死なねえさ」

もう一本鍼を打たれ、親爺は虫のようにじたばたする。

「又、こいつの両手を押さえろ」

面倒臭《めんどうくさ》そうに身を寄せ、言われたとおりにする。

親爺は観念したのか、白目を剥《む》いて押し黙った。

ふと、脇をみれば盥《たらい》が置いてあり、金魚が何匹も泳いでいる。

「この親爺は金魚売りでな、見掛けのわりにゃ声がいい。金魚ぇー、金魚とな、呼び声につられて近づいてみたら、地べたに蹲《うずくま》っていやがった。腹が痛えのかとおもったら、痛えのは腰のほうでな、そうなりゃ鍼医者《はりいしゃ》の出番だろう」

とりあえず、本人を背負って療治所《りょうじしょ》へ運びこみ、近所の連中に盥や商売道具一式を持ってこさせたのだという。

「腰が瓦並《かわらな》みに硬《かて》え。鍼を刺しても焼け石に水ってところだな」

「……そ、そりゃねえぜ」

親爺が声を震わせる。

「……き、今日じゅうに金魚どもを届けねえと……か、稼ぎが無くなっちまう」

「何処へ届けるつもりだ」

「……ふ、深川の和泉屋さ」

「ふうん」

長元坊は親爺の泣き言を聞きながしたが、又兵衛は聞きのがさなかった。

「おぬし、深川の和泉屋と言ったな。もしや、六間堀町にある油問屋のことか」

「……そ、そうでやす」

「昨夜、賊に押しこまれたぞ」

「げっ、まことで」

親爺は仰天《ぎょうてん》し、ひょいと身を起こす。

又兵衛は顔を曇らせた。

「たぶん、和泉屋は店をたたむことになろう。どっちにしろ、今は金魚どころのはなしではないはずだぞ」

親爺は朝から大川の向こうへは渡っておらず、和泉屋が災難に見舞われた噂すら聞いていなかった。

「もしや、数珠掛け小僧の仕業《しわざ》ですかい」

「ああ、そうだ」

「くそったれめ、これで四軒目だぜ」

「何が四軒目なのだ」

「数珠掛け小僧に襲われるのは、ご贔屓のお店ばかりなんで」

「どういうことだ」

又兵衛が座り直すと、親爺はきょとんとする。

「どういうことって、金魚連《きんぎょれん》でさあ」

金魚好きな商家の主人たちが集まって、金魚連をつくっているのだという。

「ふうん、金魚連か」

長元坊も不思議そうな顔をする。

金魚連は、今から五年ほどまえにできた。各々《おのおの》が所有する金魚を自慢するためにつくられた好事家《こうずか》の集まりで、月に一度は何処かで宴席《えんせき》を設《もう》け、金魚の大きさや色や形を競うという。

「仕入れ元の柳沢《やなぎさわ》さまが肝煎《きもい》りであられやしてね、あっしも駒込《こまごめ》の御下屋敷にゃ三日に一度はお邪魔しておりやす」

「ちょっと待て。金魚の仕入れ元というのは、大名屋敷なのか」

「ええ、さいですよ」

大和郡山藩《やまとこおりやま》十五万石を治《おさ》める柳沢家は、元禄期に将軍綱吉のもとで大名に昇進した吉保《よしやす》を祖とする。跡を継いだ息子の吉里《よしさと》が甲斐《かい》の甲府《こうふ》から移ってきたときから、藩をあげて金魚の飼育をはじめたらしかった。

なるほど、言われてみれば、柳沢家と金魚は切っても切れない関わりにある。

殿さまが大きな水槽《すいそう》のうえに硝子板《ガラスばん》を敷き、そのうえに蒲団《ふとん》を敷いて寝ているという噂を耳にしたこともあった。

親爺によれば、駒込御下屋敷の六義園《りくぎえん》には金魚を飼育する大きな溜池《ためいけ》があるらしい。

それにしても、おもわぬところで貴重なはなしを耳にすることができた。

金魚連の繫《つな》がりをたどれば、数珠掛け小僧をみつけられるかもしれない。

又兵衛のなかで、そんな期待が膨らんだのである。

四

中村角馬は流行風邪《はやりかぜ》と偽《いつわ》り、翌日は奉行所に出仕してこなかった。

又兵衛はいつもどおりに役目を終え、八丁堀へは帰らずに大川を越えて深川へ向かった。六間堀町の和泉屋を訪ねてみようとおもったのだ。

もちろん、一昨日《おととい》の夜に蔵を荒らされたばかりゆえ、家人や奉公人からはなしを聞けるかどうかはわからない。訪ねてみると、店の木戸は頑《かたく》なに閉じられ、人の気配すら感じられなかった。

「無駄足か」

溜息を吐き、踵《きびす》を返そうとしたとき、脇戸が音も無く開いた。

手代らしき男が出てきて、店のまえを竹箒《たけぼうき》で掃《は》きはじめる。

又兵衛は驚かせぬように、ゆっくりと近づいた。

手代は町奉行所の役人と気づき、ぺこりとお辞儀をする。

「お役目、ご苦労さまにござります」

「何をしておる」

「へえ、店のまえだけはきれいにしておくようにと、旦那さまが」

「偉いな。主人はどうしておる」

「床に臥《ふ》せっておられます」

「さようか、ならば、はなしを聞くこともできまいな」

「手前でよろしければ、おこたえいたしますが」

「さようか。ならば、聞こう。盗まれたのは三千両と聞いたが」

「さようにござります」

「やり口は、縁の下からの床抜きか」

「へえ」

蔵の床には鉄板が敷かれていたにもかかわらず、賊は縁の下から鉄板を上手に避けて二尺四方を鋸《のこぎり》で切りとり、蔵の内へ侵入していた。絵図面でも手に入れぬかぎり、あれほど正確無比に四角い穴を切ることはできぬだろうと、手代は嘆《なげ》いてみせる。

「それについては、別のお役人さまにも申しあげました」

「ふむ、聞いておる。されど、蔵のつくりを知る者は、家人と一部の奉公人しかおらぬとか。外の者で蔵のつくりを知っていそうな者はおらぬか」

「旦那さまは同じことをお役人さまに問われ、心当たりはないと仰《おつしや》いました。ただ、手前にはひとつ気になることが」

「ほう、何であろうな」

「手前の口から申しあげてよいものやら」

「迷うておるのか」

「はい」

「されば、おぬしから聞いたことは伏せておこう」

「お約束いただけましょうか」

「約束する」

又兵衛はあらためて身分と姓名を伝え、相手の目をまっすぐに見返した。

手代は信用してくれたらしく、ぼそぼそと喋りだす。

「大和郡山藩の納屋役人さまが、月に一度の割合で蔵を検《あらた》めにきておられました」

又兵衛の目がきらりと光る。

「郡山藩と申せば、柳沢家だな。何故《なにゆえ》、柳沢家の者が」

「和泉屋は柳沢さまの御用達でござります。それゆえ、納屋役人さまの蔵検めは妙なはなしではありませぬ。されど、数日前にお越しになった際は、矢立《やたて》を取りだし、字ではなしに絵を描いておられました。手前は肩越しに、偶さか目にしてしまったのです。ひょっとしたら、蔵の絵図面を描いておられたのかも。そうおもったら、夜も眠れなくなりました」

「主人には告げたのか」

「おはなし申しあげましたが、一笑《いっしょう》に付《ふ》されました。まさか、納屋役人の矢部《やべ》軍内《ぐんない》さまが盗人と通じておるはずがなかろうと。手前もそうおもいます。されど、ほかにおもいあたる節《ふし》もござりませぬ」

手代は黙った。

そこへ、物売りの売り声が聞こえてくる。

――かやぁ、萌葱《もえぎ》のかやぁ。

手代が、はっとした。

「そういえば、一昨日の夕方も、蚊帳《かや》売りの売り声を聞きました」

店のまえを竹箒で掃いていると、山出し風の娘が通りの向こうから小走りに駆けてきた。

「何かとおもえば、今宵、数珠掛け小僧が蔵を襲いにくると、真剣な顔で申します。娘は、おかやと名乗りました。ひょっとしたら、蚊帳売りの売り声を聞いて、咄嗟《とっさ》に付けた偽名かも。きっとそうにちがいないと、たった今気づかされた次第で」

同じようなはなしを、甚太郎からも聞いた。宿直の小者のもとへ山出し風の娘から密訴があり、又兵衛たちも出役に駆りだされたのだ。そのときに娘が名乗った名はおてん、甚太郎は心太売りの売り声から付けた偽名だろうと言った。

「その娘、訛りはなかったか」

「上方訛りがございました」

「さようか」

おてんとおかやは、おそらく、同じ娘にちがいない。

何が何でも、和泉屋が襲われることを報《しら》せたかったのだろう。

娘の正体は何者なのか、何故に凶事《きようじ》を報せたかったのか、又兵衛はどうしても理由が知りたくなった。

「手前がもっとしっかり娘のはなしを聞いていたら、このようなことにはならなかったかもしれません」

手代は主人に娘のはなしを告げた。主人は眉に唾を付けながらも、廻り方に使いを出して同じ内容を伝えたという。ただ、廻り方は偽りにちがいないと判断して上申《じようしん》せず、手代が娘から聞いた内容は捕り方を指揮する吟味方まで届かなかった。あくまでも、宿直の小者からの報告のみで出役はおこなわれたのである。

かりに伝わっていればと、又兵衛もおもわずにいられない。別の筋から同じ密訴があれば、出役の人数はもっと増やされたはずだ。

「もうひとつ、教えてくれ」

「へえ、何でしょう」

「金魚連を知っておるか」

「もちろんにござります。旦那さまも連のおひとりで、月に一度は連のみなさまで宴席を開いておられました」

宴席にはたいてい、駒込富士《こまごめふじ》のある富士浅間社《ふじせんげんしゃ》門前の茶屋が使われていた。六義園を擁する柳沢屋敷とは目と鼻のさきで、主催は連のとりまとめ役でもある両替商の奈良屋誠五郎《ならやせいごろう》が担《にな》い、宴席の主役には柳沢家の重臣が呼ばれていたという。

「その重臣とは」

「番頭格《ばんがしらかく》の大月勘解由《おおつきかげゆ》さまにござります」

大月が連の肝煎りを任されており、納屋役人の矢部軍内が大月の下で各所への連絡役を命じられていたと、手代は口にする。

「されど、大店《おおだな》の旦那衆がたてつづけに蔵を荒らされたので、連は解散の方向ではなしが進んでおりました」

金魚売りの親爺が言っていたとおり、この半年足らずで襲われた三軒の商家はみな、金魚連の仲間だった。それゆえ、和泉屋の主人は警戒を怠《おこた》るまいと、蔵の床に鉄板を敷きつめさせたのだという。

納屋役人の矢部が最後に蔵検めをおこなったのは、鉄板を敷いた直後のことだった。それもあって、手代は矢部のことが気になっていたらしかった。

「よくぞ、はなしてくれたな」

又兵衛は感謝の気持ちを伝えるべく、深々とお辞儀をしてみせた。

今さら言うまでもないことだが、蔵荒らしで罪に問われるのは荒らした盗人だけではない。荒らされたほうも過失の責を負わされる。三千両もの大金が盗まれれば、世間を騒がせた罪もくわわり、理不尽《りふじん》なはなしだが、和泉屋は蓄財のすべてを失うことになるかもしれない。

店が無くなれば、奉公人たちは路頭に迷う。いくら貧乏長屋に金を配っても、そうした情況に追いこんだ数珠掛け小僧の罪は重い。義賊でも何でもなく、縄を打って獄門台《ごくもんだい》へ送るべき連中にちがいなかった。

いずれにしろ、腰を据《す》えて調べるべき相手はみつかった。

「何かあったら、わしに報せてくれ」

又兵衛は丁重《ていちょう》に言い残し、手代のもとを去った。

五

端午の節句を祝った翌日には、厄除《やくよ》けの願いを込めて菖蒲湯《しょうぶゆ》を立てる。

主税は湯屋の菖蒲湯がよほど気に入ったのか、節句から三日経《た》っても家の据風《すえぶ》呂《ろ》に菖蒲を浮かべよと、静香に言いつけた。このところは湯屋の朝風呂だけでなく、夕餉《ゆうげ》のまえにも据風呂に浸《つ》かる。湯からあがると、皺々になった顔で燗酒《かんざけ》と気の利《き》いた肴を所望《しよもう》するのだ。

よい身分だなと呆《あき》れつつも、又兵衛は顔に出さない。晩酌《ばんしやく》につきあえば息抜きになるので、むしろ、主税には感謝していた。

だが、今宵はのんびりとしてはいられない。

夕餉を済ませたあたりで、甚太郎がやってくるはずだ。

思惑どおりならば、何処かへ出張っていかねばならなかった。

「玉《たま》てつの軍鶏鍋《しやもなべ》が食べたいな」

主税は盃《さかずき》を嘗《な》め、唐突《とうとつ》に口走る。

又兵衛はうなずいた。

「人形町《にんぎようちよう》の玉てつにござりますか。たしかに、あの味は癖になりますな」

「どうしても食べたくなってな、朝未《あさま》だきに、ふらりと人形町まで行ったのさ」

「それは気づきませんでした。されど、見世《みせ》は閉まっていたのでは」

「ふむ、閉まっておった。それゆえ、すぐそばの三光稲荷《さんこういなり》へ詣《まい》ってきた。境内でな、めずらしい鳥の鳴き声を聞いたぞ」

「ほう」

「鵤《いかる》じゃ。別名を三光鳥と申す。三光稲荷の境内で三光鳥の鳴き声を聞いたのじゃ。駄洒落《だじゃれ》ではないぞ」

「わかっております」

「おぬし、鵤の鳴き声を知っておるのか」

「つきひーほしにござりましょう」

「さよう、月と日と星で三光じゃ。されどな、わしが聞いた鳴き声はちがう。おきくにじゅうし、おきくにじゅうしと鳴いておったわ」

「ほう」

どうでもよいはなしだが、引っかかるものがあった。理由はわからない。鵤のはなしを誰かとしたような気もする。が、おもいだせなかった。

夕餉を済ませると、主税は寝所へ引っこんだ。

静香が膳《ぜん》をさげにあらわれ、表口に甚太郎が来ているという。

又兵衛は刃引刀を帯に差し、火急の探索とだけ告げて家を飛びだした。

「旦那の読みどおり、矢部軍内は動きやした」

和泉屋の手代が告げた柳沢家の納屋役人を捜しあて、昼の日中《ひなか》から甚太郎に見張らせておいたのだ。

「へへ、ちょいと楽しみだなあ。今からお連れするところ、驚き桃の木にござんすよ」

鎧の渡しからは、足の速い猪牙《ちょき》に乗った。

猪牙は日本橋川《にほんばしがわ》を経由して大川を遡上《そじょう》し、浅草御米蔵の埠頭《ふとう》を左手にみながら今戸橋《いまどばし》へ向かう。

日本堤《にほんづつみ》をたどって向かったさきは、何と、高い塀《へい》に囲われた吉原《よしわら》であった。

しかも、めざしたさきは大門《おおもん》を潜って右手の江戸町《えどちょう》一丁目、軒まで朱《しゅ》の籬《まがき》を設えた大見世《おおみせ》にほかならない。

「花魁《おいらん》を座敷に呼ぶだけでも十両、吹けば飛ぶような納屋役人が通うところじゃござんせん」

まったく、そのとおりだ。金の有り余った大店の御曹司《おんぞうし》か、泡銭《あぶくぜに》を手に入れた悪党でなければ、敷居をまたぐことはできまい。

「へへ、あっしらはここまで。あとは指を咥《くわ》えて待つしかねえ。それとも、東の羅生門河岸《らしょうもんがし》で鉄砲女郎《てっぽうじょろう》でも買いやすかい」

「遠慮しておく」

「ま、そうでやしょうね。旦那は女っ気のねえおひとだ。奥さまに一途《いちず》ってえのも考えもんだが、そこが旦那のいいところでもある」

「生意気なことを抜かすな」

「へ、こりゃどうも」

物陰に隠れて半刻（約一時間）ほども待ったであろうか、夜空には半月が浮かんでいる。

表口が騒がしくなり、貧相な役人がひとり、撫《な》で牛《うし》に似た女将《おかみ》に送りだされてきた。

「あの茄子《なす》みてえなしゃくれ顔、矢部軍内にござんすよ」

甚太郎に囁かれ、千鳥足《ちどりあし》で歩く男の背中につづいた。

矢部は隠密廻《おんみつまわ》りの控える面番所《めんばんしょ》のまえを通り、大門を出て待ちあいの駕籠《かご》に乗りこむ。

駕籠かきは待ってましたとばかりに、三曲がりの五十間道《ごじっけんみち》を駆けのぼり、見返《みかえ》り柳《やなぎ》を振りきって土手《どて》八丁《はっちょう》をひた走る。かとおもいきや、右手ではなく左手に折れ、浄閑寺《じょうかんじ》のある三ノ輪《みのわ》のほうをめざした。

「甚太郎、見失うな」

荒い息を吐きながら坂をのぼり、健脚自慢の甚太郎をさきに走らせる。

坂上から左手をみると、駕籠と甚太郎は遥《はる》かさきへ遠ざかっていた。
それでも、どうにか駆けていくと、道端に駕籠が止まっている。
矢部が蹲《うずくま》り、げろげろ吐いていた。
吐き終わるとすっきりしたのか、駕籠は何事もなかったように走りだす。
少しでも休めたせいか、又兵衛もどうにか駕籠尻に従いていくことができた。
甚太郎はすぐまえを走り、振りかえっては舌を出したり、跳びはねたりしている。
のろまの亀をからかうのが楽しくて仕方ないのだろう。
息を切らしているので、又兵衛は叱ることもできなかった。
駕籠は三ノ輪のさきで三つ股に行きあたり、左手に折れて日光道中《にっこうどうちゅう》を下っていく。
寛永寺の脇を通って、神田《かんだ》方面へ向かうのだろうか。
いや、ちがっていた。
下谷坂本町《したやさかもとちょう》のあたりで、ふいに消えたのだ。
「えっ」
甚太郎も首をかしげている。

慎重に近づくと、道は三つ股になっていた。

「右手に曲がれば、根岸《ねぎし》にござんすよ」

根岸経由で寛永寺の裏手をまわれば、駒込へたどりつく。

六義園のある柳沢屋敷へ戻るのなら、こちらの道のほうが近い。

行く先の目当てはついたものの、肝心の駕籠が消えてしまった。

注意深く周囲を調べると、道沿いの暗がりに駕籠が三挺《ちょう》ほど並んでいる。

ひっそりと建つ平屋には、消えかかった文字で『駕籠惣《かごそう》』と書かれた看板がぶらさがっていた。

矢部を乗せた駕籠屋なのだ。

「へえ、駕籠屋かあ」

甚太郎が暢気《のんき》な口調で川柳《せんりゅう》を口ずさむ。

「たちまちに金蔵あばき闇に消え」

「何だそれは」

「数珠掛け小僧を褒《ほ》めそやした川柳でやんすよ。駕籠屋の看板をみて、ふと、おもいだしやしてね、ずいぶん上手《うま》いこと詠《よ》みやがるなあと」

駕籠屋は「十七屋《じゅうしちや》」とも言われている。十七夜は立待月《たちまちづき》なので、たちまちに着くと掛けているのだ。

「何やらこの駕籠屋、怪《あや》しかありやせんか」

「そうだな」

甚太郎の言うとおり、駕籠屋ならもっと間口を広くつくるはずだし、駕籠の数も十や二十は揃《そろ》えていなければおかしい。泉養寺の境内で逃した盗人どもと、健脚自慢の駕籠かきのすがたが結びついた。

しばらく物陰から窺《うかが》っていると、脇戸が音も無く開き、矢部が出てくる。後ろからのっそりあらわれた人物は、提灯《ちょうちん》を手にぶらさげていた。月明かりに照らされた顔をみて、又兵衛はごくっと唾を呑みこむ。

「あの男」

数珠掛けの喜惣治にちがいない。

面相をみたわけではないが、鋭い眼光を放つ切れ長の目だけは忘れられなかった。看板にある『駕籠惣』にも喜惣治の名が一字使われているし、証《あか》し立《だ》てはできぬものの、充分に疑う余地はある。

矢部は酔いが醒《さ》めたのか、駕籠を使わずに歩きはじめた。

喜惣治らしき男はしばらく見送っていたが、左右に警戒の目をくれてから潜《くぐ》り戸《ど》の内へ消えていく。

「旦那、どうしやす」

甚太郎が問うてきた。

「なあに、焦《あせ》ることはない」

じっくり腰を据えて考える場面だと、又兵衛はおもった。

六

翌日は非番でもあり、朝から常盤町の療治所へやってきた。

「幸運が舞いこんできた」

と、長元坊は嬉しがっている。

何でも、井戸《いど》に多摩川《たまがわ》の鮎《あゆ》が紛れこんでいたらしい。

井戸の水は玉川上水《たまがわじようすい》から引いた水ゆえ、この時期に上流から鮎が樋《とい》に沿って泳いでくることはある。それでも、稀《まれ》なはなしにはちがいないので、又兵衛も幸運の到来を信じたくなった。

「でな、鮎飯をつくったのさ」

鮎は一尾《び》だけであったが、はらわたを除いて串《くし》を口から背骨に沿って突き通し、焦《こ》げぬように粗塩《あらじお》で鰭《ひれ》に化粧塩《けしようじお》を施《ほどこ》して塩焼きにする。

「焼き加減は表七分に裏三分、こんがり焼けた鮎を炊きたての飯櫃《めしびつ》に頭から突っこんでな、するっと背骨を抜いてから身をほぐすのさ」

清水で珪藻《けいそう》を食べて育《つ》つ鮎は香りがよく、香魚《こうぎよ》の別名でも呼ばれている。

又兵衛は箸先《はしさき》で身を一片摘まみ、蓼酢《たです》にちょんとつけて食べた。

「どうでえ」

「美味いな」

飯碗を持ち、湯気の立った鮎飯を香りごとかっこむ。

目を剝いて必死にかっこむと、長元坊が腹を抱えて笑った。

「ふはは、それだけ必死に食ってもらえば、鮎も本望だろうさ」

「あっ」

突如、頭に何かが閃《ひらめ》いた。

井戸に迷いこんできた鮎と山出し娘の悲しげな顔、そして、主税に何気なく告げられた鵤《いかる》の鳴き声が、曖昧模糊《あいまいもこ》とした記憶のなかでぴたりと重なったのだ。

「おい、どうした」

長元坊に問われてもこたえず、又兵衛は箸を置いて立ちあがる。

「ちと、行ってくる」

「何処へ」

「師匠のところだ。はなしはあとで。鮎飯は残しといてくれ」

「ああ、かまわねえけどな」

後ろもみずに療治所を出て、江戸橋《えどばし》まで小走りで向かった。

鎧の渡しで小舟を仕立て、日本橋川へ急いで漕ぎださせる。

さらに、大川を横切って万年橋から小名木川へ舳先を入れさせ、猿江町《さるえちょう》の河岸までまっすぐに進んだ。

陸にあがってからは畦道を歩き、雑木林へ踏みこむ。

耳を澄ましても、鶫の鳴き声は聞こえてこない。

だが、一心斎のもとに転がりこんだ娘は、鳴き声を耳にしたにちがいなかった。

しかも、それは「つきひーほし」でなく「おきくにじゅうし」のほうだった。

それゆえ、みずからを「きく」と名乗り、齢は「二十四」とこたえたのだ。それだけではない。宿直の小者には「てん」と名乗り、和泉屋の手代には「かや」と告げた。いずれも、物売りの声を聞いて咄嗟に付けた偽名であった。

つまり、おきくこそが数珠掛け小僧を密訴した娘なのではあるまいか。

そう、又兵衛は確信したのである。

分厚い冊子に記された七千余りもある類例《るいれい》は端から端まで暗記できても、いつも肝心なことを忘れてしまう。そんな自分を情けなくおもったが、今はおきくに会って盗人一味との関わりを直に確かめるのが先決だ。

密訴した本人ならば、おきくの立場は危ういものとなろう。盗人一味に捜しあてられたら、命を奪われかねない。

摩利支天宮の門前を通りかけ、又兵衛は足を止めた。

参道《さんどう》を歩く娘の後ろ姿が、目に飛びこんできたのだ。

「おきくか」

拝殿《はいでん》のほうへ向かっている。

又兵衛は遠くから、痩《や》せた背中をみつめた。

おきくは賽銭箱《さいせんばこ》に銭を投じ、じっと両手を合わせる。

又兵衛は近づいていったが、途中で踏みとどまった。

痩せた男がおきくに近づき、横合いから袖《そで》を引いたのだ。

顔見知りなのか、おきくは驚きもせず、誘う相手に従いていく。
二十四、五の見知らぬ男だ。待ち合わせをしていたのかもしれない。
ふたりは参道を取って返し、鳥居を潜って外に出ると、又兵衛がたどってきた道を進んでいった。

行きついたさきは、雑木林である。

ふたりは、人気《ひとけ》の無い社のそばまで進んでいった。

又兵衛は少し離れた木陰に隠れ、じっと様子を窺う。

横風が吹きぬけ、時折、葉擦《はず》れの音に邪魔をされた。

それでも、ふたりの声は切れ切れに聞こえてくる。

「……よくも、やってくれたな」

「ああするしか、なかったんや……盗みを止めさせるには、ああするしか」

「仲間を売ったら、落とし前をつけなあかん」

「わかっとるよ」

男は匕首を抜き、娘はじっと目を瞑《つぶ》る。

最初から、覚悟を決めていたかのような潔《いさぎよ》さだ。

又兵衛は飛びだそうとして、寸前で踏みとどまった。

匕首を握る男の手が、異様なほど震えていたからだ。
「……くっ」
男は娘の髷《まげ》を摑み、元結《もとゆい》をぶつっと切った。
切った元結を紙に包み、娘に背を向ける。
「……あ、兄《あん》ちゃん、待ってや」
娘がおんおん泣きだしても、兄ちゃんと呼ばれた男は振りむきもしない。
泣き声に呼応《こおう》するかのように、鳥の鳴き声が聞こえてきた。
──おきくにじゅうし、おきくにじゅうし。
鵤だ。
男は足を止め、すぐにまた歩きだす。
又兵衛は男をやり過ごし、少し迷ってから木陰を離れた。
おきくを雑木林にひとり残し、兄ちゃんと呼ばれた男の背中を追いかけた。

七

男を尾《つ》けて着いたさきは、根岸の『駕籠惣』であった。
おもっていたとおり、おきくと盗人一味は繫がったのだ。

駕籠屋の主人は、やはり、数珠掛けの喜惣治である公算が大きい。喜惣治は大和郡山藩の納屋役人と通じており、おきくの兄とおぼしき男は喜惣治の手下なのだろう。

金魚連の商人たちが蔵を荒らされたのは、納屋役人の矢部軍内があらかじめ蔵のつくりを調べていたからだ。喜惣治は矢部から手渡された絵図面をもとに綿密《めんみつ》に策を立て、盗みをはたらいたのであろう。

ところが、和泉屋の盗みについてだけは予期せぬことが起こった。おきくの密訴によって、危うく捕縛されそうになったのだ。雑木林で耳にした会話から推《お》せば、おきくは兄に盗みを止めさせようとして一味を売ったようだった。兄はおそらく、喜惣治に命じられて妹の命を奪いにきたにちがいない。だが、できず、元結を切ってごまかそうとしたのだ。

又兵衛は頭のなかで筋を描いた。

判然としないことはいくつかある。

数珠掛け小僧は、何故、義賊を気取っているのか。

一連の盗みはそもそも、誰が何のために企図《きと》したことなのか。喜惣治が木っ端《こっぱ》役人の矢部を抱きこんでやったにしては、少しばかり大掛かりすぎやせぬか。

駕籠屋の探索を長元坊に託し、翌夕、又兵衛は猿江裏町の道場を訪ねてみた。

古びた門を潜って中庭へまわってみると、一心斎が縁側にぽつんと座っている。又兵衛が近づいても顔をあげず、何をしているのかとおもえば、水を張った盥に粉をばらまいていた。

盥を覗《のぞ》いてみると、金魚が何匹か泳いでいる。

「先生、何をしておられます」

「金魚に餌《えさ》をやっておるのさ」

黙って隣に座ると、一心斎はぼそりと言った。

「おきくが出ていきよった」

顎《あご》をしゃくったさきに一寸書きが置いてあり、拙《つたな》い字で「おせわになりました」と綴《つづ》られている。

「文《ふみ》といっしょに、金魚が置いてあった。自分の代わりだとおもって、可愛がってほしいのじゃろう」

一心斎は黙った。

あまりの落ちこみように、声も掛けられない。

打ちのめされ、十ほども年を取ったように感じられた。

「どのような事情かはわからぬし、聞きとうもないがな、拠所《よんどころ》ない事情があるのはわかっておった。さようなことは気にせず、すべて忘れてしまえと笑い飛ばしたつもりでおったが、そうもいかぬらしい」

それぞれの道を歩んできた者同士が、何処かの時点でばったりと出会う。これも縁とおもって、気の合う者同士、ともにそこから新たに同じ道を歩んでもよかろう。

「わしは気楽に構えておったが、どうやら、おきくはちがったようじゃ」

盗人一味のことを告げるべきか否《いな》か、又兵衛は迷った。

あまりに悲しげな横顔をみると、告げることはできない。

「きっと、帰ってまいりますよ」

などと、慰《なぐさ》めにもならぬ台詞を吐いた。

昨日、おきくは兄らしき男に会ってから、すぐに道場を離れたのだろう。

このまま留《とど》まれば、一心斎に迷惑を掛けるとおもったにちがいない。

「先生、焼き味噌でも肴にして、一献《いっこん》いかがです」

「ん、そうじゃな」

土産《みやげ》に提《さ》げてきた下《くだ》り酒《ざけ》を燗《かん》にし、焼き味噌といっしょに縁側へ運んだ。

注ぎつ注がれつしながら、黙々と酒を呑みつづける。

「おぬしとこうしてふたりきりでじっくり呑むのも、久方ぶりじゃのう」

「所帯を持ってからは、長居することも少のうなりました」

「今宵はどうする、泊まってゆくのか」

「よろしければ」

力強くうなずいてやると、一心斎は淋しげに微笑《ほほえ》んだ。

正直、師匠のこんな顔はみたくない。

以前の陽気さを取りもどしてほしいが、そのためにはおきくに戻ってきてもらうしかなかった。

剣術談義などしながら夜更《よふ》けまで痛飲《つういん》し、翌朝は死んだように眠る一心斎を起こさぬように道場を抜けだしてきた。

屋敷に帰って着替えを済ませ、真っ赤な眸子《まなこ》で出仕する。

一睡もしていなかったので、日中は魚のように目を開けたまま、ほとんど居眠りをしていた。

役目を終えて門を出ると、通りの向こうで甚太郎が手を振っている。

毛氈《もうせん》の敷かれた床几には長元坊も座っており、味噌蒟蒻を美味そうに食っていた。


　ほかに客はいない。足を向けると、さっそく、長元坊が喋りかけてくる。

「おめえの睨《にら》んだとおり、駕籠惣は怪しいぜ。何せ、駕籠屋のくせに、日中は客を駕籠に乗せねえんだ。ところが、夜は上客からかならずお呼びが掛かる。どうやら、そいつだけは外せねえらしくてな」

「誰なんだ、その上客とは」

「奈良屋誠五郎、大和郡山藩御用達の両替商さ」

　和泉屋の手代が口にしていた商人だ。

「たしか、金魚連の集まりを仕切っていたとか」

「調べてみりゃ、とんだ食わせ者でな、五年前まではもぐりの両替屋だった。天秤《てんびん》も持たずに両替をする、御法度の無天秤てやつさ。ところが、どうしたわけか、今から半年前、十五万石の御用達に成りあがった。何をやったかわからねえが、よほどの悪事でもはたらかねえかぎり、そこまでの出世はできめえ」

「半年前と言えば、数珠掛け小僧が世間を賑《にぎ》わせはじめた頃だな」

「金魚連も盛りあがっていた頃さ」

「金魚連の肝煎りは、郡山藩の番頭格だと聞いた」

「それだ」

奈良屋は昨晩も、日本橋の茶屋で宴席を開いていたという。

「主客は番頭格の大月勘解由さ。金魚屋敷の重臣と阿漕《あこぎ》な御用商人がつるんでいるのはまちがいねえ。しかも、大月を屋敷まで送りとどけたのが、駕籠惣なのさ」

「何が言いたい」

「わかってんだろう。義賊仁盗と持ちあげられた盗人どもにゃ、強力な後ろ盾《うしろだて》がいるのかもってはなしさ。だとすりゃ、おれたちの手にゃ負えねえ。手柄を立てて見返してやりてえ気持ちもわかるが、ここは早々に手を引いたほうがいい」

長元坊に説諭《せつゆ》され、又兵衛はぷいと横を向いた。

「ほら、出た。あまのじゃくめ」

「ここで止めたら、夢見が悪い」

もちろん、悪党どもは捕らえたい。例繰方の汚名も返上したい気持ちは山々だが、一心斎のもとを去ったおきくのためにも放っておけぬとおもった。

長元坊はすでに五皿もお代わりをしており、空になった皿を重ねながら言う。

「ふうん、耄碌《もうろく》師匠はそんなに落ちこんでいたのか」

「一気に春から冬になったようでな」

「でもよ、妹も盗人の一味だったとなりゃ、打ち首は免《まぬが》れめえ。まんがいち、師匠のもとへ戻ってきても、待ってんのは地獄じゃねえのか」

十手を預かる又兵衛としては、おきくを無罪放免にするわけにいかぬ。

となれば、このまま何処かへ消えてくれたほうが都合はよかろう。

消えてしまえ。戻ってきたら許さぬぞ。

本心では戻ってきてほしいと願いつつも、又兵衛はそうやって自分を納得させるしかなかった。

行く末を暗示するかのように、一転空が掻き曇った。

ざっと、雨が降ってくる。

「梅雨《つゆ》入《い》り本番だな」

長元坊が恨《うら》めしげにつぶやいた。

八

庭に咲く石榴《ざくろ》の花弁が、臙脂色《えんじいろ》に艶《つや》めいている。

雨は丸三日も降りつづき、今も熄《や》む気配はない。

駕籠惣の主人が数珠掛けの喜惣治だと当たりはつけたものの、はっきりと決めつけるだけの裏付けはなかった。

手荒なやり口で知られる火盗改《かとうあらため》ならば、怪しいというだけで縄を打ち、役宅の穿鑿《せんさく》部屋で責めることもできようが、秩序と段取りを重んじる町奉行所の役人に同様のまねはできない。ましてや、大和郡山藩の重臣や役人を調べるのは容易でなく、盗人一味と裏で繋がっているかもしれぬという当て推量《あてずいりょう》だけで突きすすめば、大怪我《おおけが》をするのは目にみえている。

調べが行き詰まりをみせるなか、手懐《てなず》けておいた和泉屋の手代が無視できぬはなしを持ちこんできた。

矢部軍内が昨日、播磨屋藤兵衛《はりまやとうべえ》の金蔵を検めたというのである。

播磨屋は京橋の大きな下り塩問屋《くだりしおどんや》で、金魚連のなかでも幅を利かせていた。豊富な蓄財を背景に大名貸しもおこなっており、郡山藩は万両単位の借金をしているという。

「まちげえねえ、数珠掛け小僧の狙いは播磨屋だぜ」

長元坊は吐きすて、さっそく播磨屋の周辺を調べはじめた。

盗むさきの見当がつけば、策も立てやすくなる。

勇《いさ》んだやさきの翌早朝、甚太郎がずぶ濡れで飛びこんできた。
「稲荷堀《とうかんぼり》に若え男《わけ》のほとけが浮かびやした」
堀川に屍骸《むくろ》が浮かぶのは、めずらしいことではない。
ただ、甚太郎が飛びこんできたのには理由があった。
ほとけの首に数珠が掛けてあったからだ。
「こいつは数珠掛け小僧の仕業にちげえねえ」
又兵衛もすぐに合点《がてん》し、着の身着のままで屋敷を飛びだした。
稲荷堀は鎧の渡しのさきゆえ、八丁堀からはさほど遠くもない。
霊岸島を斜めに横切っていくと、次第に鼓動《こどう》が速くなってきた。
ほとけは、おきくに「兄ちゃん」と呼ばれた男ではないのか。
不吉な予感を拭《ぬぐ》えぬまま、稲荷堀の南寄りにたどりついた。
降りつづく雨は、さきほどよりも強さを増している。
「ほら、あすこに、でえごの旦那が」
甚太郎に言われて目を向ければ、定町廻りの桑山大悟が手を振っていた。
雨が降っているにもかかわらず、けっこうな数の野次馬《やじうま》が集まっていた。
大股で近づいてみると、人垣のまんなかに筵《むしろ》が敷かれ、蒼白《あおじろ》い顔のほとけが仰《あお》向《む》けで寝かされている。

「ちっ」

面相を確かめ、又兵衛は舌打ちした。

おもったとおり、雑木林で目にした男にまちがいない。

「心ノ臓をひと突き、得物《えもの》は九寸五分ですな」

桑山が言った。

人垣のなかから、嗚咽《おえつ》が漏れる。

そちらに目をやると、垢抜けない娘がずぶ濡れで佇んでいた。

おきくだ。

声を掛ける間もないうちに、おきくは踵を返し、だっと駆けだした。

「甚太郎、あの娘を追え」

「合点《がってん》で」

おきくは鹿のように足が速かった。

それでも、健脚自慢の甚太郎にはかなわない。

又兵衛も少し遅れて追いかけ、四《よ》つ辻《つじ》の手前までやってきた。

と、そこへ、人影がふたつ躍りだしてくる。

「逃がさねえぜ」

ひとりが吐いた。

「きゃっ」

おきくは悲鳴をあげ、その場に尻餅《しりもち》をつく。

助け起こそうとした甚太郎が、ぱしっと平手打ちを食らった。

数珠掛けの一味にちがいない。屍骸を目立つ場所に捨て、網《あみ》を張っていたのだろう。

「待て」

又兵衛はどうにか追いついた。

ふたりの賊は手拭《てぬぐ》いで顔を隠している。

十手をみても怯《ひる》まず、懐中から匕首を抜いた。

「邪魔すんな、木っ端役人」

ひとりが唸《うな》り、からだごと突きかかってくる。

鼻先に迫った刃《やいば》を躱し、そいつの右腕を取った。

肘をきめて匕首を落とし、粗朶《そだ》のように折る。

――ぼきっ。

鈍《にぶ》い音につづいて、男の悲鳴が響いた。

もうひとりが襲うとみせかけ、ぱっと真横に跳ねる。

その隙《すき》に、腕を折られた男が道端へ逃れた。

「莫迦野郎、ずらかれ」

ふたりは背を向け、四つ辻の向こうへ消えていく。

又兵衛に追う気はない。

おきくは気を失っている。

「くそったれめ」

甚太郎が、腫《は》れた頬を押さえて立ちあがった。

「旦那、あっしはやつらの足取りを追いやす」

「無駄かもしれぬが、頼む」

又兵衛はおきくを抱きあげ、角の乾物屋に踏みこんだ。

お多福顔《たふくがお》の老婆が、置物のように座っている。

「すまぬ、部屋を貸してくれ」

頼んでも返事はない。耳が遠いのだろう。

履き物を脱ぎ、おきくを抱いて急な階段をのぼる。

二階の部屋では、男と女が乳繰《ちちく》りあっていた。

なるほど、安い銭で部屋を貸す曖昧宿《あいまいやど》なのだ。

「すまぬが、出てってくれ」

曖昧宿は御法度なので、ふたりはこそこそ居なくなる。

煎餅蒲団《せんべいぶとん》におきくを寝かせると、さきほどの老婆が顔をみせた。

黙って手拭いと女物の着替えを置き、しんどそうに階段を下りていく。

おきくは目を覚まし、蒲団のうえで膝を抱えた。

「恐がるな。平手又兵衛だ」

「あっ」

「おぼえておったか。事情はあとで聞く。とりあえず、濡れたからだを拭《ふ》いて着替えるがよい」

又兵衛も着物を脱ぎ、褌《ふんどし》一丁になった。

おきくは目を伏せ、もぞもぞと着物を脱ぎだす。

「婆さん、男物の着物も貸してくれ」

聞こえぬはずだが、老婆は階段の下に着物を置いてくれた。

又兵衛は階段を下り、つんつるてんの着物を羽織《はお》る。

二階に戻ると、おきくが畳にちょこんと座っていた。

「……お、おおきに」

か細い声を震わせ、深々と頭をさげる。

又兵衛は、できるだけ優しく問うた。

「さっきの連中、数珠掛け小僧の一味か」

「……へ、へえ」

「稲荷堀に浮かんだほとけは」

「血を分けた兄です」

「そうか、喜惣治に殺《や》られたのだな」

「わてを救ったのがばれて、みせしめに殺られたんや」

「おぬしら兄妹は、数珠掛け小僧の一味だったのか」

「半年ほど前、大坂で喜惣治に拾われました」

一心斎に語った内容は、生まれた村が逃散で消えたこと以外は作り話だった。

どっちにしろ、悲惨な運命のもとで生きぬいてきたことは変わりなかろう。

娘はまことの名を「たみ」と言い、双親の顔すらおぼえていなかった。

「雑木林で、鵤《いかる》の鳴き声を聞いた。それで、おきくと名乗ったのか」

「へえ」

幼い頃、故郷の大和でよく耳にした鳴き声なので、懐かしくなったらしい。

齢は二十四ではなく、十六だった。

「和泉屋が襲われること、密訴したのもおぬしか」

「……へ、へえ」

経緯を詳しく聞かねばならぬ。が、焦りは禁物だ。実の兄を失ったばかりの娘が、何処まではなしてくれるか。じっくり見極めながら、真実を聞きださねばなるまい。

そのまえに、ひとつ確かめておきたいことがあった。

「おぬしは、何故、師匠のもとへ身を寄せたのだ」

「……そ、それは」

数珠掛け一味のもとから逃げだし、気づいてみれば、暮れなずむ摩利支天宮へ迷いこんでいた。腹を空かせて参道脇にしゃがみ込んでいると、通りかかった地廻り風の破落戸どもにからかわれた。そのとき、身を挺《てい》して救ってくれたのが一心斎であった。飯を食わせてやるから従いてこいと誘われ、おたみはことばに甘えてしまったのだという。

「旦那さまは善《よ》いおひとや。ほんまは、ずっとあそこに居たかった。そやけど、喜惣治に嗅《か》ぎつけられたから、もう二度と戻られへん」

「喜惣治がおらぬようになったら、戻る気はあるのか」

「えっ」

おたみは絶句し、又兵衛をじっとみつめた。

「驚くことはなかろう。わしも捕り方の端くれ、その気になれば喜惣治を捕らえられるかもしれぬ」

「無理や、喜惣治はただの盗人やない。むかしは柳沢さまの剣術指南役やったんや」

「ほう、そうであったか」

浅山一伝流《あさやまいちでんりゅう》の遣《つか》い手《て》で、町奉行所の木っ端役人が束《たば》になってかかってもかなう相手ではないと、おたみは言う。

「侍の成れの果てというわけだな。されど、まんがいちにも喜惣治を捕まえたら、そのときはどうする」

「戻られへん。旦那さまが許さへんよ。わては盗人の一味やったんや。商家に住みこみで奉公し、喜惣治たちを手引きしたこともある。そないなおなごを、家に受けいれてもらえるはずもない。だいいち、お役人さまが許さへんやろ。それでええのや。この世に未練なんぞない。わては一刻も早く、獄門台に送ってほしいとおもうてる」

おたみは意志の固そうな目を向けてくる。

とても、十六の小娘にはみえなかった。

「詮方あるまい」

今はおたみのことよりも、喜惣治たちを捕らえる策を考えねばなるまい。

又兵衛は頭を切りかえた。

九

おたみは命を奪われかけ、かえって腹が据わったのか、又兵衛の問いに何でもこたえてくれた。

やはり、数珠掛け一味と奈良屋誠五郎は裏で繋がっている。驚くべきことに、盗みの絵を描いたのは喜惣治ではなく、奈良屋なのだという。そして、後ろ盾は大和郡山藩番頭格の大月勘解由にほかならない。

盗人一味の暗躍は、五年前にできた金魚連とも深く関わっている。大月は国許《くにもと》の百姓から搾《しぼ》りとった年貢を担保に金魚連の主立った商人たちから金を借り、その金を銭相場へ投じていた。そして、儲《もう》けの一部を着服していたのだが、今から半年前、相場の読みを外して大損してしまい、私腹を肥《こ》やしているからくりが露《ろ》見《けん》しそうになった。

そのとき、大月に知恵を貸したのが、御用達に引きあげてもらったばかりの奈良屋だった。悪知恵のはたらく奈良屋は、元剣術指南役の雨宮《あめみや》喜惣治を頭目に誘い、盗人一味を仕立てあげた。にわかには信じられないはなしだが、大月に金を貸した商人たちの蔵を襲わせ、店ごと潰してしまおうと画策したのだという。

膨らんだ借金を無くすのが目的ゆえ、盗んだ金の一部は惜しげもなく貧乏長屋にばらまかせた。義賊を装《よそお》ったのは、世間を味方につけることで捕り方の動きを鈍らせるためでもあったが、一味の多くは郡山藩領内の元逃散百姓だったので、罪滅《つみほろ》ぼしの気持ちも少なからずあったらしい。

おたみと兄も同領内の山里に生まれた。三年つづきの凶作と重い年貢のせいで、村人たちは逃散を余儀なくされたという。荒れ放題になった故郷の風景をおぼえているだけに、おたみは領主や藩役人に怒りを抱いていた。が、怒りだけでは食べていけない。生きるためには盗人になるしかなかった。

偽りでも義賊仁盗と呼ばれることだけが、兄ともども心の支えだったと、おたみは涙ながらに告白した。

聞けば聞くほど、盗人一味を裏で操《あやつ》っている連中に腹が立った。又兵衛はおたみを連れて帰り、しばらくは住みこみの賄《まかな》いとして屋敷に留まるように命じたのである。

盗人一味も、まさか、おたみが与力の屋敷に匿《かくま》われているとはおもうまい。たとえ、怪しんだとしても、町奉行所の役人たちが住む八丁堀へ踏みこんでくる勇気はなかろう。

又兵衛から家に居ろと命じられ、おたみはきょとんとしていた。てっきり、縄を打たれるとおもっていたのだ。もちろん、そうなるかもしれぬが、喜惣治を捕まえることが先決だと説《と》かれ、おたみはしたがわざるを得なかった。

匿って四日目の夕刻、長元坊が屋敷にやってきた。

「明晩、播磨屋の金蔵から運上金《うんじょうきん》が運びだされるらしいぜ」

知りあいの伝手《つて》で播磨屋の内儀《ないぎ》を紹介してもらい、まんまと店にあがって揉《も》み療治《りょうじ》をおこなった。肩や腰を揉んでやったら気持ちよくなったのか、内儀は外に聞かれたくないようなはなしをぺらぺら喋ったという。

「相当な額の運上金らしいぜ。連中なら見逃すはずはねえと、おれはおもうがな」

運上金を強奪されれば幕府も面目《めんぼく》を失い、播磨屋は確実に闕所《けっしょ》の沙汰を受けよう。それゆえ、金額の多寡《たか》にかかわらず、盗人どもはかならず運上金を狙うはずだ。移送にあたっては幕府の勘定《かんじょう》役人も立ちあい、荷は闇に乗じて大手《おおて》御門《ごもん》内の勘定所へ運ばれるという。

つまり、京橋から近くの鍛冶橋御門《かじばしごもん》へ向かうわずかな道中が危ういと、長元坊は言いきる。

「裏付けはねえ。ただの勘さ」

又兵衛も否定はしない。運上金が狙われるとおもった。

「ふたりの考えが同じなら、まず、まちげえねえ。捕り方を手配しなくちゃなるめえが、できんのか」

難しくとも、やるしかない。内与力の沢尻玄蕃に願いでて、筒井伊賀守に進言してもらうのだ。出役の許しを得るには、悪事のからくりを告げねばならぬ。ただし、おたみのはなしは突飛《とっぴ》すぎて、沢尻を説得できるかどうかはわからない。

それでも、翌朝、又兵衛は出仕してすぐに内与力の御用部屋を訪ねた。

「いかがした。わしに頼みとは、めずらしいではないか」

「数珠掛け小僧の動きについて、密訴がござりました。しかも、和泉屋のときと同じ者ゆえ、信じるに足る内容かと」

おたみの素姓は伏せ、又兵衛は事情をかいつまんではなした。

すべて聞き終えた沢尻の顔が忘れられない。物珍しい生き物でもみるような顔で、滔々《とうとう》とまくしたてた。

「郡山藩十五万石の重臣が御用達の両替商と結託し、盗人一味をけしかけて商家の蔵荒らしをやらせたと申すのか。何の裏付けもなく、よくもさような与太話《よたばなし》を持ちこんできおったな」

「与太話と断じるのは早計かと。今宵、播磨屋の運上金が狙われるとの訴えもござります。是非とも、御奉行に出役をお命じいただきたく」

「わしが進言して捕り方を動かし、まんがいち、無駄足であったらどうする。おぬしが責を負うのか。赤っ恥《あかっぱじ》を掻くのは、このわしなのだぞ。和泉屋で賊を逃した汚名返上のつもりかもしれぬが、例繰方なんぞに誰も何も望んでおらぬ。部屋頭の中村にも、よう言うておかねばなるまい。余計なことはせず、類例だけを調べておれとな」

わずかでも期待したほうがまちがいだった。

沢尻の反応を受け、かえって又兵衛の腹は決まった。

「されば、例繰方だけでやらせていただきます。小者を二十ばかりお貸しください」

「ふん、出張ってみるがよい。恥の上塗りを覚悟のうえでな」

「あらかじめ、幕府の勘定方や播磨屋とも打ち合わせをせねばなりませぬ。それがしにすべてお任せ願えますか」

沢尻は本気で驚いたのか、細い目を剝いてみせる。

「まことに出向くのか。いったい、どういう風の吹きまわしだ。やる気のやの字もない男が、何故、そこまでやろうとする」

「おのれでも、ようわかりませぬ。ただ……」

「ただ、何だ」

「それがしにも悪を憎む心はござります。義賊の面をかぶり、世間を謀《たばか》る悪党は、けっして許すまじとの気概もござる」

「ほう、大きく出おったな。ともあれ、どうなろうと、わしは知らぬ。おぬしからは、何も聞かなかったことにいたそう。ただな、ひとつだけ申しておく。おのれの浅はかな気概に、ほかの連中を巻きこむな」

「承知いたしました。御免」

襖《ふすま》を開けて廊下へ出たところへ、裃姿《かみしもすがた》の人物が近づいてきた。

南町奉行、筒井伊賀守にほかならない。

「おぬしはたしか、例繰方の……」

「平手又兵衛にござります」

「おう、そうであったな。酷《ひど》い顔じゃぞ。眦《まなじり》を吊りあげおって、いかがしたのだ」

又兵衛は直々《じきじき》に今宵の出役を願いでようとおもったが、すんでのところでおもいとどまった。

そこへ、気配を察したのか、沢尻が顔を差しだす。

「あっ、御奉行」

「ふむ、沢尻よ、ちと、おぬしに質したいことがあってな」

「されば、すぐに伺います」

「いや、おぬしの部屋でよい」

筒井は淡々《たんたん》と応じ、御用部屋にはいっていく。

沢尻はこちらを一瞥《いちべつ》し、ぴしゃりと襖を閉めた。

又兵衛は虚《むな》しい気持ちを抱えたまま、例繰方の御用部屋へ戻る。

みずからの小机に座り、帳面の角を揃えて机の端に片付けた。矢立や硯《すずり》もきちんとあるべきところへ戻し、小机そのものもまっすぐに直す。

「あいかわらずの几帳面《きちょうめん》ぶりだな」

中村が声を掛けてきた。

和泉屋の一件以来、すっかり覇気を失っている。

同心たちも鬱々《うつうつ》としており、部屋の空気はあきらかに淀《よど》んでいた。

「中村さま、お願いがござります」

又兵衛は、がばっと立ちあがる。

中村も同心たちも驚き、呆気《あっけ》に取られた。

この連中を説得して頭数を揃え、数珠掛け小僧を捕らえねばならぬ。

たとえ足手まといになろうとも、そうせねばなるまいと又兵衛はおもった。

十

夜になった。

中村たちは説得できず、連れてきたのは長元坊ひとりだけだ。

播磨屋藤兵衛には事前に会って諄々《じゅんじゅん》と説き、運上金の木箱を空で運ぶように頼んでみたが、勘定所の役人が「しかるべき身分の相手でなければ、指図にはしたがえぬ」と主張し、板挟みになった播磨屋も首を縦《たて》に振らなかった。

それゆえ、警固《けいご》の人数も増やされることはなく、両刀を差した役人が四人しかおらぬ心許ない防《ふせぎ》となっている。

「例繰方の連中が来てくれたら、頭数だけは揃うのにな」

と、長元坊も溜息を吐いた。

「まだ襲ってくると決まったわけじゃねえ。でもよ、策だけは立てておかねえとな」

「策はない」

「当たって砕《くだ》けろか。ふん、まあいい、いつものことだ」

亥ノ刻の鐘音《かねおと》を聞いてから、京橋の店から荷を送りだす。

「どうか、ご無事に」

好々爺《こうこうや》のごとき播磨屋の主人が、膝に顔を埋めるほど深々とお辞儀する。

荷台には五百両箱が三つ積まれ、念のために塩を詰めた空箱で周囲が囲まれていた。

先導役の手代がひとりと荷役が五人、前後左右には両刀を腰に帯《お》びた勘定所の役人四人が従く。役人たちの物腰をみれば、頼りない連中であることはすぐにわかった。

「あいつら、刀を抜いたことがあんのか」

吐きすてる長元坊とともに、又兵衛も荷車の後ろにしたがう。

中村たちが来てはおらぬかと、わずかな期待を込めて闇をみつめた。

「おらぬか」

「あきらめたほうがいいぜ。相手は百姓あがりの盗人どもだ。ふたりでもどうにかなるさ」

不安はあった。おたみによれば、全部集めれば盗人の数は二十を超えるという。しかも、頭目の喜惣治は郡山藩の剣術指南役までつとめた遣い手なのだ。

「土壇で首を斬られたのに、二度まで生きのびたってはなし、ほんとうなのか」

「おたみはそう言うておった」

十年以上もむかしのことらしいが、雨宮という姓を持っていた喜惣治は酒席での喧嘩沙汰《けんかざた》で藩士を斬り、斬首の沙汰を下された。ところが、首斬り役人が二度も首を斬り損ねたために、命を助けられた。そのときの傷が数珠を掛けているようにみえるところから、数珠掛けの綽名で呼ばれるようになったのだ。

「死に神みてえな野郎だな」

強運の持ち主なのであろう。喜惣治は野《や》に下り、何年も放浪暮らしを送ったあげく、上方で盗人になった。そして、無天秤の両替商だった頃の奈良屋誠五郎と知りあい、ふたたび、郡山藩の重臣と縁を持ったらしかった。

手下はほとんど、半年前に集められた連中だった。そのなかに、おたみの兄もふくまれていた。手引きに女手も必要なことから、おたみ自身も一味にくわえられたのだという。

「寄せ集めにしちゃ、殺しも盗みも手馴れているみてえじゃねえか」

それなりに場数を踏んできた連中が集められたのだろう。義賊を装っているあいだは人殺しや手荒なまねは控《しりぞ》えてきたが、常のように鋭い牙《きば》は研《と》いでいる。ともあれ、襲われたら容易には斥けぬ難敵にちがいない。

「又よ、頭目の喜惣治はどうする、斬るのか」

「いいや、逃がす」

「えっ」

「今おもいついた策だ。もちろん、ただ逃がすわけではない」

「よくわからねえな」

ぼそぼそと会話を交わしながら、ふたりは荷車に従いていった。

鍛冶橋へとつづく往来のなかほどに差しかかったあたりだろう。

亥ノ刻を過ぎれば、火の用心の夜廻り以外に行き交う人影もない。

江戸のまんまんなかだが、自分たちだけが取り残されているような感覚に陥《おちい》った。

――きょっ、きょっ、きーこきーよ。

突如、聞き慣れない鳥の鳴き声が聞こえてくる。

――きーきーきよこききー、つきひーほし。

反対側からも、応じるように鳴き声がつづいた。

「つきひーほしと鳴いたぜ」

「鵤《いかる》だな、やつらが来たらしい」

不穏《ふおん》な空気を察したのか、荷車の連中も立ち止まる。

闇が動いた。

前後から、黒装束の人影が迫ってくる。

何人いるかもわからない。

「くせものじゃ、荷を守れ」

勘定所の役人が叫んだ。

と、同時に、ふたりの賊に襲われ、地べたに引き倒されてしまう。

ほかの役人たちも、なす術《すべ》がない。まごまごしているあいだに、棍棒《こんぼう》のようなもので撲《なぐ》られ、気を失ってしまう。

なかには、白刃《はくじん》同士で鍔迫り合いをする者まであった。

金音と悲鳴が飛び交うなか、長元坊だけは水を得た魚のように暴れまわっている。

「ぬぎゃっ、ひっ」

盗人どもは寄ると触ると撥《は》ね返され、白目を剝いて昏倒《こんとう》する。

「強え海坊主がひとりいるぞ。あの野郎をどうにかしろ」

気づいてみれば、長元坊は十人近くの賊どもに囲まれていた。

一方、又兵衛は刃引刀を抜き、荷台に近づく賊どもを斥けている。

が、相手の数は予想以上に多い。

賊どもは五百両箱に群《むら》がり、つぎつぎに運びだそうとする。

取り落とした木箱の蓋《ふた》が開き、塩が大量にこぼれた。

「莫迦野郎、中味をちゃんと確かめろ」

誰かが偉そうに怒鳴る。

顔を向けると、目と目が合った。

「喜惣治か」

叫びかけると、相手は睨《ね》めつけてくる。

「町奉行所の役人か」

「ああ、森下富士でもお目に掛かったな」

「ふうん、あのときの……何で、ここにおる」

「奈良屋誠五郎から密訴があってな」

「何だと」

「ふふ、どうした」

裏切られた気分はどうだと言いかけ、又兵衛は台詞を呑みこんだ。

奈良屋の密訴を信じこませるには、余計なことを喋らぬにかぎる。

「出張ってきたわりには、防《ふせぎ》が緩すぎるな」

喜惣治が指摘するとおり、役人四人はすでに倒れ、長元坊だけが奮闘していた。

盗人どもは多くの数を残しており、喜惣治自身も刀を抜いていない。

やはり、数が少なすぎると、又兵衛は臍《ほぞ》を噛んだ。

そのときである。

前方から、どっと捕り方が繰りだしてきた。

「あそこじゃ、者どもかかれいっ」

叫んでいるのは、中村角馬にほかならない。

捕り物装束の同心たちを率《ひき》いて、土煙をあげながら駆けてくる。

前方だけではない。後方には、竹竿《たけざお》に何個も仕込まれた御用提灯《ごようぢょうちん》が立ちあがった。

往来は日中のような明るさになり、竹竿の下で大勢の小者たちが蠢《うごめ》いているのがわかった。

冷静になって数えれば、加勢の与力と同心は八人、小者の数はせいぜい二十人足らずであろう。だが、これほど頼りになる助っ人はなかった。突如としてあらわれた張りぼての効果は抜群で、盗人どもはことごとく戦意を失ってしまったのである。

又兵衛は勢いに乗じ、片っ端から賊を峰打《みねう》ちに仕留めていく。

――ばすっ、ばすっ。

刃引刀を振りおろすや、一撃で鎖骨《さこつ》や臑《すね》を砕いていった。

「それっ」

倒れた盗人どもに、中村たちが一斉に群がる。

必死の形相《ぎょうそう》で縄を打ち、馴れない手つきで縛りつけていった。

「ぬうっ」

喜惣治は形勢不利とみて、荷車に背を向けた。

散り散りになる手下たちを置き去りにし、ひとりだけ闇の向こうへ消えていく。

もちろん、又兵衛に追いかける気はなかった。

頭目を欠いた盗人どもに、抗《あらが》う力は残されていない。

騒動が収まると、中村が得意げに近づいてきた。

「平手、加勢にまいったぞ」

「ええ、お待ちしておりました」

「例繰方の力をみせつけてやったな。奉行所はじまって以来の大手柄だ」

「たしかに、そうかもしれませぬが、頭目の喜惣治は逃してしまいました」

「何だと」

中村は顎を外しかけた。

頭目を逃せば、手柄は半減したも同然だ。

「詮方ござりませぬ。運上金を奪われずに済んだだけでも、よしとせねば」

「くそっ」

又兵衛のことばなど耳にはいらぬのか、中村は地団駄《じだんだ》を踏んで口惜しがる。

おぬしの役割は終わった。本番はここからだと胸中につぶやき、又兵衛は気を引き締めた。

十一

数珠掛け小僧の手下どもは捕縛され、牢屋敷に繋がれた。

吟味方や廻り方は例繰方の活躍を信じず、勘定方のなかに途轍《とてつ》もなく強い海坊主がひとりいたと告げた小者の言い分を鵜呑《うの》みにした。しかも、ただでさえ満杯の牢屋敷に咎人《とがにん》が増えることを嫌がり、寝入《ねい》り端《ばな》を起こされたこともあってか、例繰方の手柄を素直に褒めようとはしなかった。

それでも、中村は汚名返上とばかりに、自分たちの活躍を吹聴《ふいちょう》するにちがいない。筒井伊賀守は労《ねぎら》ってくれるかもしれぬが、内与力の沢尻玄蕃や吟味方筆頭与力の鬼左近は褒めるどころか、どうして肝心の頭目を逃したのかと詰めよるであろう。

周囲の反応はさまざまに想像できたが、正直、どうでもよかった。

翌朝、又兵衛は銀座《ぎんざ》にある奈良屋へ足を向けたのである。

ひょっとしたら、昨晩のうちに喜惣治が接触したかもしれない。そうした懸念《けねん》もあったが、奈良屋誠五郎が無事であるところから推せば、喜惣治はまだ様子を窺っているとみてまちがいなかった。

町奉行所の与力であることを告げると、奈良屋は嫌々ながらも敷居の内に導いた。当然のごとく、数珠掛け小僧が運上金の強奪に失敗したことは耳にはいっているはずだ。喜惣治を除く手下どもは捕まり、自分の名が出てもおかしくはない。

そこまで読み、身構えていたところへ、又兵衛は飛びこんだ恰好《かっこう》になった。上《あ》がり端《ばな》に座った奈良屋誠五郎は貧相な見掛けで、目玉だけをぎょろつかせている。態度はふてぶてしく、修羅場《しゅらば》を潜ってきた悪党の小狡《こずる》さは隠しようもなかった。

「南町奉行所にも、お世話になっているお役人さまはおられます。されど、平手又兵衛さまというお名は、はじめて伺いますな。いったい、何のご用で」

「白々しい挨拶は抜きにしよう。昨晩、数珠掛けの一味を捕らえた。一味の何人かがおぬしの名を口走ってな、運上金を狙ったのは金のためではなく、おぬしを利するためだと言った」

「わかりませぬな。どういうことにござりましょう」

顔色も変えず、奈良屋は下から睨みつけてくる。

又兵衛は袖を払い、上がり端に腰掛けた。

「まずは、茶でも貰《もら》おうか」

余裕綽々《よゆうしやくしやく》の顔で言うと、命じられた丁稚《でっち》が温《ぬる》い茶を運んでくる。

又兵衛は喉《のど》を鳴らしながら、一気に茶を呑みほした。

「ぷはあ、不味《まず》い茶だな」

「それはどうも、あいすみません」

「どこまで喋った」

「盗人どもが運上金を狙ったのは、手前を利するためであったと」

「おう、そうだ。下り塩問屋の播磨屋が闕所になれば、とある藩の重臣への貸付が無くなる。そうなれば、御用達のおぬしが得をすると言うのだ。さような突飛なはなしは信じられぬし、確たる裏付けがなければ白洲《しらす》では通用せぬ。さりとて、捨て置くのも忍びない」

「いったい、何が仰りたいので」

「わしはな、頭目の喜惣治と刃を交えた。あやつは申しておったぞ。これを最後の仕事にして、上方へずらかるそうだ」

「盗人がさような告白を……信じられませぬな」

「信じなくともよい。喜惣治はこうも言った。立つ鳥跡を濁《にご》さずとな。それがどういう意味か、おぬしにわかるか」

「いいえ、いっこうに」

「一味は捕まえたが、肝心の喜惣治だけは逃してしまった。近いうちに、おぬしのところへ顔をみせるかもしれぬ。白刃を合わせてわかったが、あやつは元武士だ。武士の矜持《きようじ》をわずかでも残しておるなら、きっちり後始末をつけてから上方へ逃れようとするはずだ」

ぶるっと、奈良屋は肩を震わせた。それでも、必死に感情を隠す。

「盗人の頭目が、手前の命を取りにくるとでも」

「そういうことだ。おぬしも知るとおり、喜惣治はかなりの遣い手だ。死にたくなければ、腕の立つ用心棒の二、三人も雇っておくがよい」

又兵衛はそう言い置き、すっと尻を持ちあげた。

「さればな、用はそれだけだ」

立ち去ろうとして、呼びとめられる。

「平手さま、お待ちを」

「ん、何だ」

奈良屋は立ちあがり、帳場から小判を何枚か携《たずさ》えてくる。

「これをお納めください」

「何のつもりだ」

「お節介《せっかい》を焼いていただいた御礼にござります」

「小莫迦にしておるのか」

「いいえ、これを機にお近づきになれたらと」

「されば、貰っていくか」

又兵衛は腰を屈《かが》め、小判を拾って袖口《そでぐち》に入れる。

奈良屋が口端《くちは》を吊りあげた。

「最初から、お金が目当てだったのでございましょう」

「まあ、そうだ。おぬしの後ろ盾とも、顔を合わせておきたいものだな」

「そこまでお調べで」

奈良屋は黙り、こちらの手の内を探ろうとする。

ふっと、又兵衛は笑った。

「無論、胸に収めてある。上役に告げたとて、何の得もないからな」

「ひとつお聞きしても」

「何だ」

「平手さまと懇意《こんい》になれば、手前どもにどのような得があるのでしょう」

間髪《かんはつ》を容《い》れず、又兵衛はこたえる。

「こたびのこともしかり、捕り方の動きが筒抜けになろう」

「それはありがたい」

「ありがたいとおもうなら、顔繋ぎの段取りをいたせ。気が変わるかもしれぬゆえ、早いほうがよいな」

「されば、今宵、駒込で宴席がございます」

きらりと、又兵衛の目が光った。

阿漕な両替屋は、まんまと罠《わな》に掛かったのだ。

十二

夜、戌《いぬ》の五つ（午後八時頃）。

喜惣治は、かならず来る。

「よし、賭《か》けをしようぜ」

と、長元坊は又兵衛に言った。

ふたりは富士浅間社の門前に立ち、駒込富士を見上げている。

「おれは来ねえほうに賭ける。そうだな、あれを賭けようぜ」

屋台の風鈴蕎麦《ふうりんそば》が、門前で湯気を立ちのぼらせていた。

「二十四文の月見でどうだ」

「乗った」

「へへ、悪党どもの顔を拝《おが》んできな」

又兵衛は背中を押され、大股で踏みだした。

敷居をまたいだのは『駒長《こまちよう》』という茶屋だ。

羽振りのよい商人や諸藩の重臣たちもよく使うらしく、つくりからして値の張りそうな見世だった。

女将に名を告げると、すぐさま、二階の座敷へ案内してくれた。

宴《うたげ》はすでにはじまっており、上座の客は若い芸者に酌をされて鼻の下を伸ばしている。

おもったとおり、太鼓腹《たいこばら》の突きでた悪相の人物だ。

「大月さま、ささ、ぐぐっと」

かたわらではしゃぐ奈良屋は、幇間《ほうかん》にしかみえない。

部屋の隅には、茄子顔《せきばら》の矢部軍内も座っている。

こほっと、又兵衛は咳払いをした。

目敏《めざと》くみつけた奈良屋が、揉《も》み手《で》で近づいてくる。

「平手さま、お待ち申しあげておりましたぞ」

袖を引かれて下座へ向かい、ぺこりと頭をさげた。

「南町奉行所与力、平手又兵衛にござります」

「郡山藩十五万石、番頭格の大月勘解由じゃ」

「今宵はお招きに与《あずか》り、恐悦《きょうえつ》にござります」

「おぬし、内勤らしいな。何故、わしの密偵《いぬ》になりたがる」

「無論、実入りを期待してのこと」

「よくも、ぬけぬけと」

脇から、奈良屋が口添えする。

「大月さま、こちらは雨宮喜惣治と鎬《しのぎ》を削るほどの遣い手だそうです」

「まことなら、頼もしいな。されど、わしの酒席に参じた以上、中途で逃げることは許さぬ。おぬし、覚悟はできておるのか」

「はて、覚悟とはどのような」

「汚れ役を負う覚悟じゃ、決まっておろう」

「なるほど、汚れ役にござりますか。それはもしや、数珠掛け小僧に命じたようなことにござりましょうか」

「みなまで言わせるな」

大月はふんと鼻を鳴らし、干した盃を寄こそうとする。

どうやら、返盃《へんぱい》を促《うなが》したつもりらしい。

仕方ないので、膝を寄せる。

刹那《せつな》、きゃっと、芸者が悲鳴をあげた。

逃げまどう者たちの向こうに、大柄の男が仁王立《におうだ》ちしている。

喜惣治であった。

「……き、来おった」

奈良屋が声を震わせた。

喜惣治が握る刀の切っ先から、真っ赤な血が滴《したた》っている。

「下で用心棒をふたり斬っておいた。それと、ほれ」

ぽんと、何かを抛《ほう》る。

鞠《まり》のように畳を転がったのは、矢部軍内の首だった。

「ひぇっ」

奈良屋は頭を抱えて蹲《うずくま》る。

喜惣治がゆっくり近づいてきた。

「奈良屋よ、わしをようも裏切ってくれたな」

「……う、裏切るだなどと……め、滅相《めっそう》もない」

阿漕な両替屋は、大月の後ろに隠れようとする。

大月はひらきなおった。

「喜惣治、わしに受けた恩を忘れたか。罪人のおぬしを拾ってやったのは、誰だとおもうておる。それにな、おぬしは勘違いしておるぞ」

「何が勘違いだ。おぬしが奈良屋に命じたのであろうが。蜥蜴《とかげ》の尻尾《しっぽ》を切れと」

「さようなこと、誰に聞いた」

又兵衛にみなの目が集まった。眼差しを避けるように、端のほうへ身を寄せる。

すかさず、喜惣治が反応した。

「ほう、腐れ役人め、そんなところで何をしておる」

「おぬしの替わりになろうとおもってな、大月勘解由に取り入っておるのよ」

「何だと」

「ごちゃごちゃ抜かさず、裏切られた恨みをちゃっちゃと晴らしたらどうだ。わしはこのとおり、高みの見物としゃれこもう」

大月が驚いてみせる。

「何を申しておる。早う、喜惣治と立ちあわぬか」

黙って応じずにいると、大月は憤然《ふんぜん》と身を起こした。

刀掛けの刀を取り、勢いよく鞘走《さやばし》らせてみせる。

「おのれ、喜惣治」

みずから先手を取り、間合いを詰めるや、大上段から斬りかかっていった。

「死ねっ」

喜惣治は動じない。

軽々と躱し、一手で脇胴を抜く。

ぱっと鮮血が散り、大月は呆気なく斃《たお》れた。

「ひゃっ」

這々《ほうほう》の体《てい》で逃げようとした奈良屋は、後ろから襟《えり》を鷲摑《わしづか》みにされる。

そして、喜惣治に一瞬で喉笛《のどぶえ》を裂かれた。

「無惨《むざん》な」

又兵衛は吐きすてる。

「されど、悪党どもの最期には似つかわしいかもしれぬ」

「つぎは、おぬしだ」

喜惣治が呻《うめ》き、鬼の形相で振りむいた。

又兵衛は立ちあがり、刀も抜かずに対峙する。

「盗人め、罠に掛かったな」

「罠だと」

「大月と奈良屋は裏切っておらぬ。おぬしを売ったのは、おぬしに兄を殺された十六の娘だ」

「おたみか。まさか、おぬしがおたみを」

「匿っておる。それを告げた以上、逃がすわけにはいかぬ」

部屋の入口に、大きな影がのっそり近づいてきた。

長元坊だ。

壁のように逃げ道をふさいでみせる。

「猪口才な」

喜惣治は吐きすて、袈裟懸《けさが》けに斬りつけてきた。

又兵衛は躱しながら身を沈め、屈んだ拍子《ひょうし》に相手の裾《すそ》を引っぱる。

「ぬわっ」

畳は大月の流した血で濡れていた。

喜惣治は血で足を滑らせ、どしゃっと尻餅をつく。

その鼻先へ、又兵衛は鞘走らせた白刃を翳《かざ》した。

刃引刀である。

「ぬえい」

気合一声、掲《かか》げた刀を振りおろした。

――ばすっ。

右の肋骨《あばらぼね》を砕くと、喜惣治の手から刀が落ちた。

「これだけでは、勘弁ならぬ」

さらに、二刀目を振りおろすや、喜惣治は気を失った。

左右の肋骨を砕かれれば、たまったものではあるまい。

「へへ、おれの負けだ。蕎麦屋はまだ居るぜ」

長元坊に声を掛けられ、又兵衛はほっと安堵《あんど》の溜息を吐いた。

十三

久方ぶりに雨があがった。

ひんやりとした朝靄《あさもや》のなか、又兵衛は古い社のある雑木林に踏みこんでいる。

――ひんからから。

鳴いているのは、駒鳥の雄《おす》であろう。

雌《めす》を呼びよせるために鳴いているのだ。

鵤《いかる》の鳴き声は聞こえてこない。

半月前、おたみと兄がここで会っているのをみた。
あのとき、一度だけ聞いたきりだ。
ひょっとしたら、あれは本物の鳴き声ではなく、誰かがまねをしたのかもしれない。
それとも、幻聴《げんちょう》だったのか。
鵺は最初から、この雑木林には棲《す》んでいなかった。
惜しいはなしだが、そうおもえばあきらめもつく。
又兵衛はほっと溜息を吐き、雑木林を抜けて摩利支天宮へ向かった。
さらに、猿江裏町の露地裏から見慣れた道場までやってくる。
手には下り酒を入れた五合徳利を提げていた。
おたみが居なくなってから、一心斎はどうしているのだろうか。
今でも落ちこんでいるようなら、活《かつ》を入れてやらねばなるまい。
冠木門《かぶきもん》を潜り、庭へ踏みだす。
柚子の花は散ったが、紫陽花《あじさい》はまだ散りきっていない。
道場に人気はなかった。
「留守か」

少し待ってみようとおもったところへ、釣り竿を担いだ一心斎が帰ってくる。

「おう、又兵衛か」

あいかわらず、覇気がない。

「釣果《ちょうか》はござりましたか」

「ほれ」

魚籃《びく》を覗くと、野鯉が口をぱくつかせていた。

「洗いでもつくってくれ」

「かしこまりました」

勝手で鯉をさばき、冷や酒と肴を縁側へ運ぶ。

一心斎は注がれた酒を嘗め、力無く笑った。

「灘《なだ》の諸白《もろはく》か、生一本《きいっぽん》というやつじゃな」

「値が張りました」

「ふん、恩着せがましいやつめ。ところで、たいそうな手柄をあげたそうではないか」

「誰から聞いたのですか」

「獅子っ鼻の甚太郎が、ぺらぺら喋りおったわ」

「ああ、なるほど」

ならば、七日前に数珠掛けの一味を捕らえた顚末《てんまつ》も聞いているのであろう。

「喜惣治とかいう頭目を捕らえたのは、鍼医者の海坊主だったそうではないか」

「ええ。されど、臍曲《へそま》がりの長元坊は、町奉行所から出された報酬を拒《こば》みましたよ」

「まことは、おぬしが捕らえたのではないのか。何故、それを隠す」

「出る杭《くい》は打たれるという諺《ことわざ》もござりますゆえ」

「さほど出てもおらぬ杭であろう」

「まあ、そうですな」

裏の事情は、筒井伊賀守と内与力の沢尻玄蕃だけが知っている。柳沢家にあらかたの経緯を内々に伝えると、十五万石の浮沈にも関わる恥ずかしい出来事ゆえ、事の顚末をおおやけにしてくれるなと泣きつかれた。筒井伊賀守は老中にも内諾《ないだく》を取り、事を穏便《おんびん》に済ませることで決着をはかったのである。

番頭格の大月勘解由ならびに納屋役人の矢部軍内は病死、御用達の奈良屋は闕所とされ、数珠掛け小僧は柳沢家とは切りはなして裁《さば》かれることとなった。

それゆえ例繰方の手柄はなかったものにされ、頭目を捕らえたのが誰かもあやふやになり、いずれにしろ、又兵衛は奉行所内で脚光を浴びることもないまま、ただの例繰方与力としての日常を送っている。

一心斎が、ぽつりとこぼす。

「わしは、かなわぬ夢をみておったのかもしれぬ」

「おきくのこと、甚太郎が喋ったのですね」

「まことは、おたみという名だったらしいの」

「はい」

「みずから奉行所へおもむき、密訴したことを告げたそうではないか」

「ええ、そのようです」

おたみがどうなったのか、一心斎に伝えねばならぬとおもい、又兵衛はわざわざこうして足を向けたのだ。

一心斎は平静を装い、低声《こごえ》で問うてきた。

「縄を打たれたのであろうな」

「いいえ」

「ん、打たれておらぬと申すのか」

「はい」

「何故じゃ、数珠掛けの一味ではないのか」

「おたみの密訴があったればこそ、数珠掛けの喜惣治は捕縛されました。御奉行が直々に立ちあわれ、密訴に踏みきった理由を本人に質したのでございます」

「おきくは……いや、おたみは何とこたえたのじゃ」

「『自分を偽ってまで生きていたくはない。どうか、厳しいお裁きを』と、凛《りん》とした口調で訴えました」

「それで、御奉行は」

「『その覚悟や、潔し。とても十四の娘にはおもえぬ。こたびの手柄と天秤に掛ければ罰するにあたわず』と仰《おお》せに」

「十六の齢を、ふたつもさばよんでくれたのか」

「いかにも、十四の子どもは罪に問われませぬゆえ」

「名奉行じゃな」

一心斎は身を乗りだしてくる。

「して、おたみはどうした」

「どうしたとは」

「解きはなちになったのであろうが」

「はい。じつは今朝早く、日本橋から旅立ちました。鮪の棲む故郷へ戻り、兄の供養《くよう》をしたいのだそうです」

「……そ、そうなのか」

「ただし、かならず江戸へ戻ってくると、約束してくれました。帰りたい場所は、ひとつしかないそうです」

「えっ」

驚いた一心斎の目に、涙が溢《あふ》れてくる。

「……ま、まさか」

「ええ、そうです。先生さえお許しくださるなら、ここへ帰ってきたいと、おたみは申しておりました」

「……ま、まことか。おたみは、まことにそう申したのか」

「ひと月さきになるか、半年さきになるか、それはかりはわかりませぬが、もう一度、夢をみればよいではありませぬか」

うん、うんと、一心斎はうなずき、空になったぐい吞みを差しだしてくる。

又兵衛は微笑みながら、上等な下り酒を注いでやった。

——ぼん。

遠くのほうから、遠雷《えんらい》のような音が聞こえてくる。

「あれは」

「花火の試し打ちじゃ」

「そういえば、今日から両国の川開きにござりますな」

鬱陶《うっとう》しい梅雨も終わり、夏の盛りがやってくる。

――ぼん、ぼん。

花火の音が聞こえるたびに、胸が弾《はず》んでくる。

柳橋から屋根船でも仕立て、みなで大川へ繰りだそうか。

又兵衛はそんなことをおもいながら、師匠の注いだ酒を美味そうに味わった。

この作品は双葉文庫のために書き下ろされました。

双葉文庫

さ-26-51

はぐれ又兵衛例繰控《またべえれいくりびかえ》【五】

死《し》してなお

2022年5月15日　第1刷発行

【著者】

坂岡真《さかおかしん》

【発行者】

箕浦克史

【発行所】

株式会社双葉社

〒162-8540 東京都新宿区東五軒町3番28号

［電話］03-5261-4818(営業部)　03-5261-4833(編集部)

www.futabasha.co.jp(双葉社の書籍・コミックが買えます)

【印刷所】

中央精版印刷株式会社

【製本所】

中央精版印刷株式会社

【フォーマット・デザイン】

日下潤一

ISBN978-4-575-67108-7 C0193

Printed in Japan